Elke Ottensmann

Doppelt durchs Leben

Heitere und weitere Geschichten
aus dem Leben eines Zwillingspaares

Elke Ottensmann

Doppelt durchs Leben

Heitere und weitere Geschichten aus dem Leben eines Zwillingspaares

SCM
Hänssler

SCM

Stiftung Christliche Medien

SCM Hänssler ist ein Imprint der SCM Verlagsgruppe, die zur Stiftung Christliche Medien gehört, einer gemeinnützigen Stiftung, die sich für die Förderung und Verbreitung christlicher Bücher, Zeitschriften, Filme und Musik einsetzt.

Anmerkungen:
Die meisten Namen von Personen,
die nicht zur Familie gehören, sind geändert.
Am Ende des Buches sind für alle ehemaligen deutschen
Ortsnamen die heutigen polnischen angegeben.

MIX
Papier aus verantwortungsvollen Quellen
FSC® C014496
FSC www.fsc.org

Max-Eyth-Straße 41 · 71088 Holzgerlingen
Internet: www.scm-haenssler.de · E-Mail: info@scm-haenssler.de

Umschlaggestaltung: Jens Vogelsang,
Vogelsang Design | www.vogelsangdesign.de
Titelbild: iStockphoto.com: Stock-Fotografie-ID:
1030579940 & 1030580004, samael334
Satz: typoscript GmbH, Walddorfhäslach
Druck und Bindung: GGP Media GmbH, Pößneck
Gedruckt in Deutschland
ISBN 978-3-7751-5925-8
Bestell-Nr. 395.925

Die brüderliche Liebe untereinander sei herzlich.

Römer 12,10

Inhalt

Von Herzen …

… danke ich Euch, lieber Papa und lieber Onkel Werner, dass Ihr dieses Buch ermöglicht habt. Bereitwillig und geduldig habt Ihr mir jederzeit meine Fragen beantwortet und aus Eurem Leben erzählt. Immer wieder habt Ihr mir gezeigt, dass wir nie aufgeben sollen, auch wenn es im Leben schwer wird oder anders läuft, als wir es uns wünschen. Rückblickend auf Euer Leben könnt Ihr heute sagen, dass Gott Euch nie in die Irre geführt hat, auch wenn Ihr manchmal nicht wusstet, wie es weitergehen sollte. Trotz mancher Fragen, die für Euch selbst ohne Antwort geblieben sind, habt Ihr Euer Leben stets der Führung und Gnade Gottes anvertraut, habt Euch Eure Dankbarkeit und Euren Humor bewahrt. Ihr werdet mir immer Vorbild sein. Ich habe Euch lieb!

… auch Euch, liebe Gertrud und lieber Christoph, ein herzliches Dankeschön für Eure Unterstützung beim Recherchieren der Familiengeschichte. Es war eine tolle Idee, während der Reise nach Schlesien und auch an dem fröhlichen Foto-Abend danach das Tonband einzuschalten. Dadurch konnte ich die Zwillinge im Originalton wiedergeben, ohne etwas dazu zu dichten.

… danke, liebe Ulrike, für die wunderbare Zusammenarbeit mit Dir. Du hast mein Manuskript wie immer professionell lektoriert und mich liebevoll auf so manche Fehler hingewiesen. Und wo in meiner Begeisterung der »Gaul mit mir durchgegangen ist«, hast Du mich klug gezügelt und den Text in die richtige Bahn gelenkt.

… nicht zuletzt geht mein Dank an Gott selbst. Während Arthur und Johanna ihr drittes Kind erwarteten, hatte Gott andere Pläne und überraschte sie sehr, als sie bei der Geburt plötzlich doppelt sahen. Und das war gut so, denn sonst gäbe es meinen Papa nicht, und mich ja auch nicht. In seiner unendlich großen Weisheit schuf Gott zwei gleich aussehende Jungen, die seitdem nicht nur unzähligen Menschen Freude bereitet haben, sondern die auch immer füreinander da gewesen sind. In allen Höhen und Tiefen ihres Lebens hatten sie einen Kameraden, auf den sie sich bedingungslos verlassen konnten, und das können sie bis heute.

Vorwort

Geschätzte Leserin, werter Leser,

ist Ihnen eigentlich schon einmal aufgefallen, dass in dem Wort »Zwillinge« zwei Namen stecken, nämlich »Willi« und »Inge«? Bei Willi und Inge bestünde jedoch keine Verwechslungsgefahr, da die beiden mit Sicherheit zweieiige Zwillinge wären. Ganz anders hingegen verhält es sich mit eineiigen Zwillingen, da diese sich häufig ähneln wie ein Ei dem anderen. Mein Vater Reinhard und mein Onkel Werner können ein Lied davon singen; Verwechslungen sind sozusagen ihr ständiger Begleiter. Nicht immer zu ihrer Freude wurden sie noch dazu als Kinder von ihrer Mutter gleich angezogen, was die Verwechslungsgefahr noch erhöhte. Oft gerieten sie dadurch in heitere oder auch merkwürdige Situationen. Obwohl sich ihre Gesichtszüge mittlerweile nicht mehr ganz so ähneln und sie die gleichen Kleider längst abgelegt haben, kommt es dennoch gelegentlich auch heute noch zu Verwechslungen, was immer wieder für neuen Lachstoff sorgt.

Doppelt durchs Leben zu gehen bedeutet für Werner und Reinhard aber viel mehr als verwechselt zu werden. Ihre Eltern und ihre großen Brüder umhüllten sie von

Anfang an mit Liebe, Glauben und Musik. Die Geborgenheit ihres Elternhauses tragen die Zwillingsbrüder noch heute wie einen Schatz in ihrem Herzen, wie auch die Erinnerungen an gemeinsame Erlebnisse, wie nur Zwillinge sie haben können.

Liebe Leserin, lieber Leser, vielleicht kennen Sie Werner, Reinhard, ihre großen Brüder Günter und Walter sowie ihre Eltern Arthur und Johanna bereits von meinen Büchern »Aus Omas Nähkästchen und Opas Geigenkasten« und »Aus Opas Federhalter und Omas Handtasche«. Dann ist Ihnen die Familie Seidel ja wohlbekannt und vielleicht ein bisschen ans Herz gewachsen. Das würde mich sehr freuen. Genauso freue ich mich aber auch über alle Leserinnen und Leser, die der Familie nun zum ersten Mal begegnen.

Arthur und Johanna hatten stets offene Türen, und man ging gerne bei ihnen ein und aus. Die Tür steht nun auch Ihnen offen, kommen Sie herein und seien Sie herzlich willkommen im Kreise meiner Familie!

Elke Ottensmann

Glückliche Kindheit

Eine große Überraschung

Warm und golden fielen die Sonnenstrahlen in die helle Küche. Johanna stand am geöffneten Fenster und sah zu, wie Günter und Walter Hand in Hand die Straße überquerten. Nach ein paar weiteren Schritten waren sie vor dem großen Ziegelsteingebäude angelangt, das sowohl die Schule als auch den Kindergarten beherbergte. Schmunzelnd beobachtete Johanna, wie ihr neunjähriger Sohn Günter die vier Stufen zum Eingang auf einem Bein nach oben hüpfte, während sein fünfjähriger Bruder Walter etwas unbeholfen versuchte, es ihm nachzumachen. Auf der obersten Treppenstufe angelangt, drehten sich die beiden noch einmal um und winkten ihr zu. Dann schlüpften sie durch die große schmiedeeiserne Tür. Johanna wusste, dass Günter seinen kleinen Bruder bis zum Eingang des Kindergartens im ersten Stockwerk begleiten würde, bevor er selbst eine Treppe weiter oben in seinen Klassensaal gehen würde, den er sich mit beinahe 50 Kindern teilte.

Nun war Johanna allein zu Hause. Ihr Mann Arthur war wie jeden Morgen um fünf Uhr mit der Straßenbahn zur Arbeit gefahren und würde erst nach Feierabend vom Büro der Bergwerksverwaltung zurückkommen. Johanna hatte zwar wie immer mit ihm zusammen gefrühstückt, doch heute setzte sie sich ausnahmsweise noch einmal an den Küchentisch, um in aller Ruhe eine Tasse Malzkaffee zu trinken. Sie lächelte bei dem Gedanken daran, wie ihre beiden Jungen noch vor wenigen Minuten am Tisch munter plaudernd ihren Haferbrei gelöffelt hatten. Nachdem Johanna ihren Kaffee getrunken hatte, räumte sie den Tisch ab und summte dabei leise vor sich hin. Sie wusch das Geschirr ab und ging in die Schlafstube, um die Betten zu machen. Auf dem Apfelbaum vor dem Schlafzimmerfenster saß eine Amsel und zwitscherte aus voller Kehle ein Lied. Johanna freute sich: »Bald sind die Äpfel reif, dieses Jahr gibt es viel zu ernten.« Während sie die Kopfkissen aufschüttelte, sang sie das altbekannte Morgenlied von Johannes Zwick:

All Morgen ist ganz frisch und neu
des Herren Gnad und große Treu;
sie hat kein End den langen Tag,
drauf jeder sich verlassen mag.

Sie hatte gerade die Bettdecken gefaltet und sorgfältig glatt gestrichen, als sie plötzlich einen ziehenden Schmerz im Lendenbereich verspürte. Johanna zuckte zusammen und setzte sich auf die Bettkante, um sich einen Moment auszuruhen. Die Hausarbeit fiel ihr seit einigen Wochen zunehmend schwerer, und immer öfter musste sie kleine Verschnaufpausen einlegen. Doch Schmerzen hatte sie bisher keine gehabt. Johanna überlegte: »Vermutlich habe ich gestern doch etwas zu viel im Garten gearbeitet. Ich werde heute etwas langsamer machen.« Allmählich ließ der Schmerz nach, und sie erhob sich schwerfällig. Johanna beschloss, sich keine weiteren Gedanken darüber zu machen. Langsam ging sie in die gemütliche Wohnstube, holte ihren Nähkorb aus dem Schrank und setzte sich aufs Sofa. Sie hatte gerade das Stopfgarn in die Nähnadel eingefädelt, da durchfuhr ein krampfartiger Schmerz ihren Unterleib. Dieser Schmerz war ihr wohlbekannt und sie wusste sofort, was das zu bedeuten hatte. Genau zweimal in ihrem Leben hatte sie bisher solche Krämpfe gehabt. Beunruhigt überlegte sie: »Sollte ich etwa schon Wehen haben? Das Baby soll doch erst in drei Wochen kommen.« Ihre beiden Söhne Günter und Walter waren beide zum errechneten Termin auf die Welt gekommen, und zu keinem Zeitpunkt hatte sie in den Wochen vor den Geburten solche Schmerzen gehabt. Sie legte ihr Nähzeug beiseite und atmete tief ein und aus. Dabei legte sie die Hände auf ihren dick gewölbten Bauch und stellte erleichtert fest, dass das Kind sich darin bewegte. Sie konnte sich nicht daran erinnern, bei ihren ersten beiden Schwangerschaften so dick und unbeweglich gewesen zu sein wie dieses Mal und wunderte sich wie schon öfter in letzter Zeit darüber. Sie vermutete, dass dieses Baby um einiges größer sein musste, als Günter und Walter es bei ihrer Geburt waren. Sanft sagte sie zu dem Baby: »Strample nur schön, mein kleiner Schatz. Wir freuen uns schon sehr auf dich. Einen Namen haben wir uns auch schon überlegt. Wenn du ein kleiner Junge bist, sollst du Werner heißen, und wenn du tatsächlich ein Mädchen bist, wie dein Vatel es vermutet, dann geben wir dir den Namen Helene.« Langsam beruhigte sich auch dieser Schmerz und Johanna entspannte sich wieder. Sie blickte auf die große Standuhr in der Ecke der Wohnstube, deren Pendel ruhig und in stetem Rhythmus hin und her schwang. Es war beinahe neun Uhr. Günter und Walter würden erst in drei Stunden von der Schule nach Hause kommen. Doch anstatt wie geplant im Garten zu arbeiten, wollte sie nun lieber noch etwas nähen und nahm sich vor, am Nachmittag ihre in voller Blüte stehenden Dahlien zusammenzubinden, damit sie nicht umknickten. Bis dahin würden sich die vorzeitigen Wehen schon beruhigt haben.

Doch kurz nach dem Mittagessen wusste Johanna, dass sie das heute nicht mehr schaffen würde. Sie spürte, dass die Geburt ihres dritten Kindes nun nicht mehr lange auf sich warten ließ.

Arthur blickte von seinem Schreibtisch auf die Uhr an der Wand seines Büros und war froh, bald Feierabend zu haben. Er freute sich darauf, nach Hause zu gehen und im Kreise seiner Familie einen gemütlichen Abend zu verbringen. Als er seinen Schreibtisch aufräumte, klingelte plötzlich das Telefon. Arthur wunderte sich: »Wer ruft denn um diese Zeit noch an, so kurz vor Feierabend?« Aus dem Hörer scholl ihm eine aufgeregte Frauenstimme entgegen: »Arthur, komm schnell heim, es geht los, deine Frau hat starke Wehen!« Die Anruferin hatte in ihrer Aufregung ganz vergessen, ihren Namen zu nennen, doch Arthur erkannte an der Stimme, dass es sich um Mathilde, die Frau des Hausmeisters, handelte. Kurt und seine Frau wohnten ein Stockwerk unter ihnen in der Hausmeisterwohnung im evangelischen Gemeindehaus in Ober-Altwasser[1]. Dort befand sich das einzige Telefon im Haus. Erschrocken überlegte Arthur: »Jetzt schon? Ist das nicht viel zu früh?« Kaum hatte er aufgelegt, griff er gleich wieder zum Hörer, um Else anzurufen. Die Hebamme hatte Johanna bereits während ihrer ersten beiden Schwangerschaften betreut und dafür gesorgt, dass sowohl Günter als auch Walter wohlbehalten das

Licht der Welt erblickt hatten. Sie versprach, sich gleich auf den Weg zu machen, und Arthur eilte nach Hause. Else, die kurze Zeit später eintraf, legte ihr Hörrohr an Johannas dicken Bauch und stellte fest: »Die Herztöne des Babys sind laut und deutlich zu hören. In ein paar Stunden wirst du dein Baby in den Armen halten.« Sie sollte Recht behalten. Um 19.30 Uhr brachte Johanna einen kleinen Jungen zur Welt. Er war gesund, aber entgegen Johannas Erwartung mit einem Gewicht von 2300 Gramm um einiges leichter und kleiner als seine beiden großen Brüder bei ihrer Geburt. Nachdem Else das Neugeborene gewaschen und in ein warmes Tuch gewickelt hatte, brachte sie den kleinen Jungen zu Arthur, der im Wohnzimmer ausharrte. Behutsam legte sie ihn in seine Arme und sagte: »Herzlichen Glückwunsch zu eurem kleinen Werner! Ihr habt wieder einen kleinen Jungen bekommen, getreu dem Motto: Aller guten Dinge sind drei!« In diesem Moment rief Johanna laut nach Else. Die Hebamme eilte zurück ins Schlafzimmer und fragte besorgt: »Was ist denn mit dir?« Stöhnend presste Johanna hervor: »Ich habe wieder starke Schmerzen, so als ob ich Wehen habe, was kann das nur sein?« Hastig legte Else ihr Hörrohr noch einmal an Johannas Bauch und lauschte. Ihre Vermutung bestätigte sich schnell, und sie verkündete: »Da sind ja immer noch Herztöne zu hören, und deine eigenen sind es ganz gewiss nicht!

Hannchen, du musst jetzt stark sein, es kommt noch ein Baby!« Aufgeregt schrie sie ins Wohnzimmer hinüber: »Es kommt noch eins!« Arthur, der mit Klein-Werner im Arm auf dem Sofa saß, wurde es heiß und kalt gleichzeitig, Schreck und Freude wechselten sich ab. Mit Zwillingen hatte keiner gerechnet, denn zu keinem Zeitpunkt der Schwangerschaft waren Else doppelte Herztöne aufgefallen. Arthur machte sich große Sorgen um Johanna, doch er konnte nichts weiter tun, als abzuwarten. Die nachfolgenden Minuten kamen ihm vor wie Stunden, und während er auf sein schlummerndes Söhnchen blickte, war er sich gewiss: »Unser viertes Kind ist bestimmt ein Mädel, und wir bekommen doch noch eine kleine Helene.« Endlich kam Else wieder in die Wohnstube. Als sie Arthur auch das zweite Baby in die Arme legte, schmunzelte sie: »Hier ist der kleine Doppelgänger eures dritten Söhnchens – herzlichen Glückwunsch zu eurem vierten Jungen! Er wiegt zwar nur 2 100 Gramm, doch er ist wie euer Wernerla ebenfalls bei bester Gesundheit, und auch Johanna ist wohlauf. Du kannst jetzt zu ihr gehen.« Mit weichen Knien und den Zwillingen im Arm ging Arthur zu Johanna. Doch während er die beiden winzigen Babys in die Arme seiner erschöpften, aber glücklichen Frau legte, hatte er seinen Humor bereits wieder gefunden und sagte: »Aus zwei mach vier, so schnell kann es gehen.« Dann falteten Johanna und

Arthur die Hände, dankten Gott für den unerwarteten Zwillingssegen und baten um Bewahrung der Neugeborenen.

So begann das bewegte Leben meines Onkels und meines Vaters, geboren innerhalb von fünfzehn Minuten am 3. September 1936.

Die Tauffeier

Am nächsten Morgen ging Arthur ein Stockwerk tiefer in die Wohnung des Hausmeisters, um zu telefonieren. Mathilde öffnete im Morgenrock und mit Lockenwicklern im Haar die Tür. Als sie hörte, dass Johanna Zwillinge entbunden hatte, geriet sie völlig aus dem Häuschen: »Was, Zwillinge? Zwei Babys auf einmal, das muss ich mir sofort anschauen!« Wie sie war, im Morgenrock und mit Lockenwicklern, stürmte sie zur Tür hinaus und rannte die Treppe hinauf zu Johanna, um dieses Wunder mit eigenen Augen zu sehen.

Pflichtbewusst rief Arthur zuerst seinen Chef an, um ihm die freudige Nachricht zu übermitteln und ihm mitzuteilen, dass er erst am Nachmittag ins Büro kommen würde. Danach telefonierte Arthur mit seiner Schwester Frieda und erzählte ihr, dass Johanna entbunden hatte. Freudig fragte Frieda: »Ist es ein Mädchen?«, woraufhin Arthur antwortete: »Nein.« Daraufhin Frieda: »Dann ist es ein Junge?« Arthur grinste still in sich hinein und antwortete spitzbübisch: »Nein!« Frieda konnte sich keinen Reim darauf machen und rief schrill ins Telefon: »Ja, was ist es denn dann?« Nun konnte Arthur sich das Lachen nicht mehr verkneifen und verkündete fröhlich: »Zwillinge, es sind *zwei* Jungen!« Am anderen Ende der Leitung herrschte Stille. Frieda hatte es offensichtlich die Sprache verschlagen.

Nach einigem Überlegen gaben Johanna und Arthur ihrem Überraschungsbaby den Namen Reinhard. Die beiden kleinen Menschlein sahen sich so ähnlich, dass selbst Johanna und Arthur zunächst befürchteten, sie könnten ihre Zwillinge verwechseln. Deshalb band Johanna ein blaues Bändchen um Werners Handgelenk.

Am Erntedankfest, dem 4. Oktober 1936, wurden die Zwillinge in ihrer Heimatkirche zu Altwasser getauft. Pastor Mündel, langjähriger Pfarrer der Gemeinde und guter Freund der Familie Seidel, vollzog die Taufe. Er hatte Arthur und Johanna bereits im Mai 1925 getraut und sowohl Günter als auch Walter getauft. Als Taufspruch wählte Pastor Mündel für Werner und Reinhard Psalm 127, 3–5: *Siehe, Kinder sind eine Gabe des Herrn, und Leibesfrucht ist ein Geschenk. Wie die Pfeile in der Hand des Starken, also geraten die jungen Knaben. Wohl dem, der seinen Köcher derselben voll hat! Die werden nicht zu Schanden, wenn sie mit ihren Feinden handeln im Tor.*

Im Anschluss an den Gottesdienst hatten Johanna und Arthur zur Familienfeier in ihrer gemütlichen Wohnung eingeladen. Viele Verwandte aus der näheren Umgebung waren gekommen: Johannas Schwester Margarethe, ihre Mutter Pauline, Arthurs Mutter Anna, seine Halbschwester Frieda sowie sein Bruder Fritz mit Frau Friedel und ihren beiden Kindern Rudi und Christa. Selbstverständlich mit eingeladen waren Pastor Mündel und seine Frau, über deren Anwesenheit Johanna und Arthur sich von Herzen freuten.

Margarethe hatte das Kochen übernommen und tischte zur Feier des Tages ein wahres Festmahl auf: Rinderrouladen, Kartoffelklöße und Rotkohl. Nach einem ausgiebigen Spaziergang in der goldenen Oktobersonne versammelte sich die Runde wieder zum Kaffeetrinken in der Wohnstube. Zu frisch aufgebrühtem Bohnenkaffee ließen sich die Gäste Johannas Apfelkuchen aus frisch geernteten eigenen Äpfeln sowie Mohnschnitten mit Butterstreuseln schmecken. Anschließend setzte Onkel Fritz sich ans Klavier, um ein ganz besonderes Lied vorzusingen. Eigens zur Tauffeier hatte er ein Gedicht verfasst, das er auf die Melodie des Liedes »Eine Seefahrt, die ist lustig« vortrug:

Eine Feier, nicht alltäglich,
einet fröhlich hier im Haus
Mutter, Vater, Onkel, Tanten
heute beim Gevatterschmaus.
Eh die Störche südwärts zogen,
ließen zwei, wie ihr könnt sehn,
ihr Gepäck bei Seidels liegen.
O wie war das aber schön!
»So, da habt ihr die Bescherung«,
klapperten sie beide sehr,
»denn wir wollen frank und frei sein
bei der Reise übers Meer.«
Sonsten sind die Federtiere
sparsam mit dem Liebesgut,
legen eins nur vor die Türe,

dass es nicht so wehe tut.
Aber euch quoll gleich der Segen
doppelt, zweifach in das Haus.
Und das Wunder löst' bei andern
Freude oder Neugier aus.
Bänglich wurden die Gesichter,
als die weise Frau es spricht,
dass noch eins sei auf dem Wege –
doch ein Märchen war es nicht.
So, nun habt ihr vier Soldaten –
für das Seidelsche Geschlecht
ist gesorgt nach diesen Taten,
erstlich war's euch gar nicht recht.
Und nun liegen zum Verwechseln
ähnlich – beide friedlich hier.
Wer das Bändchen hat am Händchen,
ist Klein-Werner, merk es dir.
Mit fünf Männern, Mutter Hannchen,
musst du fertig werden jetzt!
Wünsch zur Plage die Courage,
aber nicht zu sehr gehetzt!
So, nun wünschen wir zum Feste
Eltern und der Kinderschar
stets Gesundheit und das Beste
für ein jedes Lebensjahr.

Die vier Wochen alten Zwillinge erfuhren erst viele Jahre später von dem Gedicht, denn während ihr Onkel Fritz es vortrug, schlummerten die beiden friedlich nebeneinander in der Wiege.

Nestwärme

Arthur machte sich in den ersten Wochen und Monaten vor allem Gedanken darüber, wie seine zierliche Frau es verkraften würde, anstatt der bisher zwei plötzlich vier Kinder zu versorgen. Er konnte sich kaum vorstellen, die winzigen Geschöpfe großzuziehen, und befürchtete, dass sie nicht genügend Nahrung zu sich nehmen würden. Seine Gedanken vertraute er später seinem Tagebuch an:

> *Ja, unsere Zwillinge! Welche Arbeit hatte unsere Muttel mit den zarten, semmelgroßen Menschlein. Welche Mühe hat sie sich gemacht, um die winzigen, noch nicht je fünf Pfund schweren, aber ganz normalen Kindlein zu erhalten! Welche Beschwerden hatte sie, jedem von sich aus die nötige Nahrung zu geben. Welche Opfer an Schlaf, Gesundheit und Kraft brachte sie auf, nicht nur die beiden Jüngsten, sondern auch die älteren beiden zu betreuen. Wenn ich heute daran denke, dann erscheint*

es mir kaum möglich zu sein, dass eine Frau von der Art unserer Mutter so viel Kraft, so viel Liebe, so viel Willen aufbringen kann. Aber sie hat es getan und vollbringen können. Und das danke ich ihr heute noch!

Günter und Walter waren begeistert von ihren beiden kleinen, gleich aussehenden Brüdern und kamen schnell überein, dass jeder sein eigenes Brüderchen haben sollte. Günter entschied sich für Reinhard, Walter nahm Werner unter seine Fittiche.

Liebevoll schrieb Walter später in sein Tagebuch:

Der Herbst war hereingebrochen, als uns zwei kleine Brüderlein geschenkt wurden. Günter und ich hätten nun beinahe das Zur-Schule-Gehen vergessen. Wir hüteten die Kleinen wie eine Kiste mit Porzellan und konnten uns kaum von ihnen trennen. Immer wieder waren die beiden so interessant und munter, dass sie uns keine Zeit für irgendetwas anderes gegeben hätten. Für uns war es die größte Freude, mit ihnen zu spielen und zu erzählen. Ich glaube, es ist wohl mit das Schönste, ein kleines Kind so richtig glücklich zu sehen. Wie strahlten ihre Augen, als sie das erste Mal den Lichterbaum an Weihnachten sahen. Als unsere Brüderchen zu reden anfingen, bekamen Günter und ich gleich Namen. »Ditta« war Günter, und »Watta« war ich. Günter stellte sich als prächtiges Kindermädchen an. Er besorgte alles, was unsere Muttel nicht tun konnte.

Nicht nur Günter half seiner Mutter, auch die beiden Großmütter unterstützten Johanna. Sie wechselten sich oft ab, um den Haushalt und die Kinder zu versorgen. Johannas Mutter Pauline war jedoch seit dem Tod ihres Mannes wenige Wochen vor der Geburt der Zwillinge gesundheitlich angeschlagen und starb im Jahr 1938 kurz nach dem zweiten Geburtstag von Werner und Reinhard. Margarethe, von den Kindern liebevoll Tante Gretel genannt, kam ebenfalls oft zur Hilfe.

Im Herbst 1938 trat Arthur eine neue Stelle in der Verwaltung der Seegen-Gottes-Grube in Altwasser an. Zu der Bergwerksanlage gehörten zwei Wohnhäuser in unmittelbarer Nähe des Grubengeländes. Eine der Angestellten-Wohnungen war frei, und die Familie zog in das Erdgeschoss des zweistöckigen Wohnhauses ein. Alle waren von der hellen, großen Wohnung begeistert. Neben Bad und Küche gab es drei Schlafzimmer. Werner und Reinhard, die bisher ihre Kinderbettchen im Schlafzimmer der Eltern stehen hatten, bekamen nun ein eigenes Zimmer. Die große Küche war modern eingerichtet, nebst einem Kohleofen gab es einen Gasherd mit drei Kochplatten und eingebautem Backofen. Johanna machte auch die neue Wohnung zu einem gemütlichen

Nest für die ganze Familie, und alle freuten sich, dass Arthur nun in der Mittagspause nach Hause kommen konnte.

Die beiden benachbarten Häuser waren in einer schönen, parkähnlichen Landschaft eingebettet. Zahlreiche Bäume umsäumten eine große Wiese, die sich den Hügel hinauf erstreckte. Unterhalb der Wiese befand sich ein Teich, der künstlich angelegt worden war, um bei Bedarf als Löschteich für die Grube zu dienen. Am Anfang staunten die Brüder über den hohen, mit Birken bewachsenen Berg, der sich hinter der Wiese erhob. Arthur erklärte seinen Söhnen, dass dies eine sogenannte Abraumhalde war, aufgeschüttet aus den nicht verwendbaren Erdschichten des Kohleabbaus.

Schon bald nach dem Einzug in die neue Wohnung kamen Günter und Walter auf die Idee, durch das tief liegende Küchenfenster ein- und auszusteigen, da dies der schnellste Weg nach draußen war. So konnten sie den Umweg über die Haustür vermeiden, und es dauerte nicht lange, bis ihre kleinen Brüder es ihnen nachmachten. Ganz besonders jauchzten die Zwillinge, wenn Günter und Walter mit ihnen auf der großen Wiese Pferd spielten. Günter und Walter hatten selbst den größten Spaß, wenn ihre kleinen Reiter hoch oben auf ihren Schultern vor Freude juchzten. Der große Birnbaum mitten auf der Wiese sowie die Apfelbäume hinten am Zaun wurden zu Kletterbäumen, und auch die Teppich-Klopfstange war für die Jungen zum Klettern oder für Klimmzüge bestens geeignet.

Arthur baute einen Hühnerstall für Johanna, sodass sie sich ihren lang gehegten Wunsch nach Hühnern erfüllen konnte. Da die Nachbarn weiße Leghorn-Hühner hatten, entschied Johanna sich für die rot-braunen Rhodeländer-Hühner. Auf diese Weise konnten nicht nur die Hühner unterschieden werden, sondern auch deren Eier. Die der Leghorn-Hühner waren weiß, Johannes Rhodeländer legten braune Eier. Da sich alle Hühner die große Wiese teilten, wusste so jeder genau, wem welche Eier gehörten. Hinter den beiden Wohnhäusern am Rand der Wiese stand noch der alte Pferdestall, in dem früher die Grubenpferde untergebracht waren, die zum Abtransport des Abraums eingesetzt wurden. Inzwischen stand der Stall schon lange leer.

Unvergesslich waren die gemeinsamen Familienabende. Oft versammelten sich die vier Brüder mit ihren Eltern am Kachelofen in der Wohnstube oder am Wohnzimmertisch. Dann wurden fröhliche Spiele gespielt, Lieder gesungen oder Arthur holte seine Geige heraus und Johanna setzte sich ans Klavier. Gelegentlich sah man Arthur auch auf allen Vieren durch die Wohnung krabbeln, auf seinem Rücken zwei kleine Reiter, die vor Freude jubelten.

Ganz besonders schön war die Weihnachtszeit. Johanna und Arthur vermittelten ihren Söhnen von klein auf, dass das Weihnachtsfest von ganz besonderer Bedeutung für sie war. Jahre später schrieb Walter seine Kindheitserinnerungen an diese schönen Weihnachtstage auf:

Am Nachmittag des vierten Advents setzten wir uns an den mit einem Adventskranz geschmückten Tisch. O wie herrlich, in der warmen Stube so traulich beisammen zu sein. Meine Mutter zündete die Kerzen an und holte die Laute, um mit uns Advents- und Weihnachtslieder zu singen. Knuspriger und feiner Duft nach Pfefferkuchen lag in den Zimmern. Ein kleiner Teller mit Plätzchen stand auf dem Tisch. Wir sangen »O du fröhliche, gnadenbringende Weihnachtszeit«. Und immer schauten wir in die Kerzen, als ob in diesem Licht etwas Sonderbares wäre. Wie strahlte meine Mutter, als ich sie nachher ansah. Nun sangen wir wieder, bis es endlich stockfinster war und Vater von der Arbeit nach Hause kam. Als wir am andern Morgen erwachten, lag fast ein Viertel Meter Schnee auf der Erde. Schnell zogen wir uns an und rannten ohne zu frühstücken in den Garten hinaus. Dort gab es ein Gejauchze und Getümmel; alles nur wegen des neuen, schönen Schnees. Endlich schlich der Heilige Abend heran. Vater, Günter und ich putzten den Tannenbaum. Unsere kleinen Brüder halfen mit Begeisterung, so gut sie nur konnten. Nun roch schon alles nach Weihnachten. Zu Mittag am Christtag gab es Kaffee und Kuchen; dann wartete alles gespannt auf den Abend. Um 17 Uhr gingen wir zur Christnacht in die Kirche. Auch da standen rechts und links des Altars Christbäume, von denen viele Lichter Wärme, Freundlichkeit und Liebe ausstrahlten. Der Pastor las die Weihnachtsgeschichte. Der Chor mit Instrumentalbegleitung schmückte die Feierstunde aus. Es war so, als ob Gott selbst den Chor und die Instrumente in den Händen hielt. So feierlich und rein, das Fest der Liebe wurde mit Jubelchören verschönert. Manchmal hatte ich meine Gedanken schon bei der Bescherung. Vielleicht war es nicht recht, aber die Freude, dass das Christkind schon sehr nahe ist, war so groß, dass wir Kinder den Worten des Pfarrers einfach nicht mehr folgen konnten und jeder seinen eigenen Gedanken nachging. Jetzt setzte mein Vater zum Vorspiel fürs Schlusslied an. Wir sangen noch: »Stille Nacht, heilige Nacht«.

Tante Gretel, die während des Christnachtgottesdienstes das Abendessen zurechtgemacht hatte, empfing uns nun an der Tür. Sie freute sich auch schon immer auf das gute Essen, das es zum Heiligen Abend gab. Nachdem wir das Tischgebet gesprochen hatten, wurde gegessen. Großmutter sagte noch: »Weihnachten muss man sich immer ganz satt essen. Es muss sogar noch etwas übrig bleiben. Auch die Tiere sollen genügend zu fressen haben.« Wir streuten also auch Krümchen in den kleinen Vogelkasten vor dem Fenster.

Heiligabend gab es bei uns jedes Mal warme Wurst mit brauner Butter und Sauerkraut. Nach dem Abendessen gingen meine Eltern ins Wohnzimmer, in dem sie, wie sie sagten, »mit dem Christkind verhandelten«. Günter, ich und die Kleinen waren schon so neugierig, dass wir oft durch das Schlüsselloch hätten gucken wollen; aber vorsorglich hatte die Hand des Vaters gehandelt, indem sie den Schlüssel von innen einsteckte. Nach einer Weile erklangen die erlösenden Töne des Klaviers: »Ihr Kinderlein kommet.« Es gab nun nichts mehr, was uns hätte halten können. Wir sangen fröhlich das Lied und marschierten in die Stube, um all das Schöne, was das Christkind gebracht hat, zu bestaunen. Immer wieder fielen wir den Eltern um den Hals, um unsrer Freude Luft zu machen. Da gab es Eisenbahnen, Soldaten, Burgen, Autos, und vor allen Dingen während des ganzen Bestaunens immer etwas zu knabbern. Wie schön, wenn wir dann auch den Eltern unsre Gabe, die im Vergleich zu den für uns bereitgestellten Geschenken wie ein Stecknadelkopf war, darbringen konnten. Weihnachten durften wir Kinder immer so lange wach bleiben, wie wir wollten. Wir spielten dann erst mit den vielen Sachen. Glücklich bis ins kleinste Glied waren wir.

Das kann doch einen Seemann nicht erschüttern

Wie schon Günter und Walter hatten auch Werner und Reinhard die Musik in die Wiege gelegt bekommen. Sie kannten es gar nicht anders, als von Musik umgeben zu sein. Johanna sang ihnen täglich Lieder vor, und schon bald kannten auch die Zwillinge viele Lieder auswendig; manchmal begleiteten Johanna oder Günter sie auch am Klavier. Fast immer schliefen sie abends von Musik begleitet ein, denn oft spielte Arthur noch auf dem Klavier oder übte Geige. Solange die Zwillinge klein waren, sang Johanna ihnen jeden Abend das Gutenachtlied von Paul Gerhardt vor:

> Breit aus die Flügel beide,
> o Jesu, meine Freude,
> und nimm dein Küchlein ein!
> Will Satan mich verschlingen,
> so lass die Englein singen:
> Dies Kind soll unverletzet sein!
> Auch euch, ihr meine Lieben,
> soll heute nicht betrüben
> kein Unfall noch Gefahr.
> Gott lass euch ruhig schlafen,

stell euch die güldnen Waffen
ums Bett und seiner Engel Schar.

Einmal in der Woche gingen Johanna und Arthur zur Chorprobe. Arthur leitete den evangelischen Kirchenchor von Altwasser, seit er ihn 1930 gegründet hatte, und Johanna sang im Sopran. Werner und Reinhard blieben währenddessen unter der Obhut ihrer großen Brüder zu Hause und durften dann ausnahmsweise im Bett der Eltern einschlafen. Wenn die Eltern nach Hause kamen, trug Arthur seine schlafenden Jungen in ihre eigenen Kinderbettchen. Da er zu diesem Zeitpunkt seine Brille bereits abgelegt hatte, kam es häufig vor, dass er seine eigenen Söhne verwechselte und in die falschen Betten legte. Werner und Reinhard amüsierten sich jedes Mal köstlich, wenn sie am nächsten Morgen wieder einmal im Bett des Bruders aufwachten.

Als der Chor der evangelischen Kirchengemeinde in Waldenburg[2] den *Messias* von Händel einstudierte, gingen Arthur und Johanna auch dort eine Zeit lang wöchentlich zur Chorprobe. Sie beide hatten schon lange den Wunsch gehegt, bei diesem Werk mitzusingen. Wie üblich passten Günter und Walter derweil auf ihre kleinen Brüder auf. Irgendwann musste Klein-Reinhard von seinen Eltern aufgeschnappt haben, dass im Chor das

»Halleluja« geprobt wurde. Als Arthur und Johanna wieder einmal in der Chorprobe waren, erklärte Reinhard seinen großen Brüdern: »Muttel und Vatel Luja singen.« Dieser Satz wurde seitdem für die ganze Familie zum geflügelten Wort, wenn die Eltern abends ausgingen, selbst dann noch, als der *Messias* schon längst aufgeführt worden war und die Zwillinge das Halleluja richtig aussprechen konnten. Noch Jahre später konnten sie darüber lachen.

Einen musikalischen Gruß der besonderen Art hatte Johanna sich zu Arthurs Geburtstag am 11. Januar überlegt. Die Zwillinge waren fünf Jahre alt und sollten ihn mit einem Lied überraschen, wenn er wie üblich in der Mittagspause vom Büro nach Hause kam. Wochenlang vorher hatte sie immer wieder mit ihnen geübt, wenn Arthur nicht zu Hause war. Mit ihren hellen, klaren Stimmen sangen die beiden auch an diesem Morgen die drei Strophen des Liedes noch einmal auswendig und endeten inbrünstig mit dem Refrain: »Kommen kleine Gäste zum Geburtstagsfeste, wünschen Heil und Segen dir auf allen Wegen.« Johanna hatte alles genau geplant. Arthur würde wie immer kurz nach 12 Uhr heimkommen. Kurz davor zog sie den Zwillingen weiße Hemden und ihre Sonntagshosen an und legte jedem ein schwarzes Samtband um den Kragen, das sie vorne zu einer Schleife band. Nachdem sie ihren Jungen noch sorgfältig die Haare gekämmt hatte, hielten alle drei hinter dem Vorhang am Küchenfenster Ausschau nach Arthur. Draußen lag tiefer Schnee, und es war bitterkalt. Pünktlich sahen sie ihn schon von weitem durch den Schnee stapfen. Nachdem Arthur sich im Flur Mantel und Stiefel ausgezogen hatte, ging er nichts ahnend in die Küche. Vor ihm standen händchenhaltend seine beiden fein herausgeputzten Söhnchen, daneben seine strahlende Frau. Auf Johannas Einsatz sangen die Zwillinge wie aus einer Kehle:

Das kann doch einen Seemann nicht erschüttern,
keine Angst, keine Angst, Rosmarie!
Wir lassen uns das Leben nicht verbittern,
keine Angst, keine Angst, Rosmarie!
Und wenn die ganze Erde bebt
und die Welt sich aus den Angeln hebt,
das kann doch einen Seemann nicht erschüttern,
keine Angst, keine Angst, Rosmarie!

Johanna war so erschüttert, dass sie sich erst einmal setzen musste. Auch Arthur war von diesem Geburtstagsständchen sehr überrascht. Während Johanna sich nicht erklären konnte, woher die Zwillinge dieses Lied überhaupt kannten, grinste ihr Mann jedoch still in sich hinein. So manches Mal hatte er seinen Sprösslingen diesen Schlager vorgesungen, wenn er mit ihnen alleine im Wald spazieren gegangen war, um Johanna etwas Zeit für sich zu schenken. Wie aufmerksam die Zwillinge ihm dabei gelauscht hatten, wurde ihm allerdings erst jetzt bewusst. Er war stolz auf sie, doch das behielt er lieber für sich. Warum Reinhard und Werner das Lied ausgerechnet zu seinem Geburtstag gleichzeitig angestimmt hatten, ohne dies vorher miteinander abgesprochen zu haben, vermochten sie selbst nicht zu sagen.

Die Zwillinge sehen Lungenflügel

Eines Tages lauschten Werner und Reinhard beim Mittagessen mit großen Augen ihrem 14-jährigen Bruder Günter und vergaßen dabei beinahe, ihre Steckrübensuppe zu essen: »Heute haben wir in der Schule Lebenskunde gehabt und über den menschlichen Körper gesprochen. Unser Lehrer hat uns Bilder von der Lunge gezeigt.« Günter wandte sich an seine kleinen Brüder: »Habt ihr gewusst, dass die Lunge ein Organ in der Brusthöhle ist, das den Körper mit Sauerstoff versorgt und den verbrauchten Sauerstoff in Form von Kohlendioxid aus dem Körper entfernt?« Die Zwillinge schüttelten die Köpfe. Davon hatten sie noch nie gehört. Schmunzelnd fuhr Günter fort: »Und stellt euch vor, wir Menschen haben sogar zwei Flügel, nämlich die Lungenflügel, auf jeder Seite des Körpers einen, das nennt man den rechten und den linken Lungenflügel. Ich habe mir sogar die lateinischen Namen eingeprägt: pulmo dexter und pulmo sinister.« Werner und Reinhard schauten sich gegenseitig auf die Brust, ob sie dort etwa Flügel erkennen konnten. Günter lachte: »Das versteht ihr erst, wenn ihr etwas größer seid. Der linke Lungenflügel ist sogar kleiner als der rechte, weil das Herz links noch Platz braucht.« Johanna, die lächelnd den Ausführungen ihres Sohnes zugehört hatte, meinte staunend: »Ist das nicht ein Wunder, wie unser Herrgott für alles gesorgt hat? Das ist doch eine gute Idee, den linken Lungenflügel etwas kleiner zu machen, um dem Herzen genügend Raum zu verschaffen. Und trotzdem haben wir genug Luft zum Atmen.« Den Rest der Mahlzeit sprachen Arthur, Johanna, Günter, Walter und die Zwillinge über das Wunderwerk Mensch, bis Arthur wieder in sein Büro musste. Während Günter und Walter Hausaufgaben machten, gingen Werner und Reinhard nach draußen, um im Garten zu spielen. In der Wohnung über ihnen wohnte Bergwerksdirektor Kunze mit seiner Frau. Die beiden hatten einen erwachsenen Sohn, der aber schon lange ausgezogen war. Da Frau Kunze keiner Beschäftigung nachging und ihr Mann in seiner Position als Direktor viel beschäftigt war, hatte sie oft Zeit, um aus dem Fenster zu schauen. So auch an jenem frühen Nachmittag, als Werner und Reinhard wieder einmal aus dem Küchenfenster kletterten. Frau Kunze, die gerade ihren Kopf ein Stockwerk höher zum Fenster herausstreckte, rief ihnen schnippisch zu: »Ihr Buben könnt mal wieder nicht durch die Tür gehen wie andere Leute. Also das würde ich meinen Kindern nicht erlauben.« Reinhard und Werner kicherten, denn die Vorstellung, aus dem ersten Stockwerk durch das Fenster auszusteigen, fanden sie recht lustig. Schon keifte Frau Kunze von oben herab: »Was gibt es denn da zu lachen? Ihr macht euch wohl lustig über mich, wie?« Die Zwillinge, die nichts dergleichen im Sinn hatten, sahen verwundert nach oben. Frau Kunze trug eine weit ausgeschnittene Bluse und hatte einen recht üppigen Vorbau. Da sie sich mit dem Oberkörper ziemlich weit zum Fenster herausbeugte, blickten die Zwillinge direkt in ihren Ausschnitt. Vor Staunen blieb ihnen der Mund offen stehen und ihre Augen wurden groß. Kaum hatten sie ihre Fassung wieder erlangt, sprang Werner durchs Fenster zurück in die Küche, dicht gefolgt von seinem Bruder. Kopfschüttelnd machte Frau Kunze das Fenster zu, um ihren Mittagsschlaf zu machen. Aufgeregt rief Reinhard: »Muttel, wir haben gerade die Lungenflügel von Frau Kunze gesehen!« Atemlos fügte Werner hinzu:

»Ja, man konnte sie ganz deutlich sehen, zwei Stück, einer rechts am Brustkorb, der andere links. Genauso, wie Günter es gesagt hat.« Johanna, die gerade den Abwasch machte, konnte sich zunächst keinen Reim darauf machen, was die beiden in so helle Aufregung versetzt hatte. Doch als ihre Jungen erklärten, wie es dazu gekommen war, einen Blick auf Frau Kunzes Lungenflügel zu werfen, lachte sie, bis ihr die Tränen herunterliefen, und erklärte ihren verblüfften Söhnen schonend, was sie wirklich gesehen hatten. Ob der linke »Lungenflügel« kleiner war als der rechte, vermochten sie aber nicht zu sagen.

Bommeln zum Nachtisch

An einem sonnigen Tag im April erschienen Werner und Reinhard nicht wie sonst üblich zum Frühstück. Während Johanna heißen Kakao in zwei Tassen goss, wunderte sie sich: »Wo bleiben denn die beiden heute, sonst können sie es doch kaum abwarten, bei so schönem Wetter draußen zu spielen.« Als die fünfjährigen Zwillinge auch auf ihr Rufen hin nicht kamen, ging sie in das Kinderzimmer. Sowohl Reinhard als auch Werner lagen mit rotem Gesicht und dicken Backen in ihren Betten. Ein Griff an die Stirn der Buben bestätigte Johannas

Vermutung, dass sie hohes Fieber hatten. Werner stöhnte: »Muttel, mir tut der Hals so weh!« Reinhard hustete, dann fügte er hinzu: »Mir auch, und meine Ohrläppchen fühlen sich ganz komisch an.« Johanna sah, dass auch die Ohrläppchen bei beiden Jungen geschwollen waren, und wusste, was los war. Sowohl Günter als auch Walter hatten vor Jahren dieselben Symptome gezeigt, als sie Mumps hatten. Sanft sagte sie zu den Jungen: »Ihr Armen habt Ziegenpeter!« Mit feuchten Leintüchern machte sie ihren hochfiebernden Jungen Wadenwickel und legte ihnen warme Quarkwickel auf die geschwollenen Backen. Anschließend setzte sie jedem eine handgestrickte Wollmütze mit Bommeln auf den Kopf und deckte sie gut zu. Lächelnd meinte sie: »Jetzt habt ihr es schön warm, nun schlaft noch ein bisschen. Wenn ihr aufwacht, bringe ich euch eine leckere Hühnersuppe.« Kurz darauf war alles still im Kinderzimmer. Johanna war froh, dass die Zwillinge eingeschlafen waren, und machte sich an die Hausarbeit. Zur Mittagszeit brachte sie den beiden die versprochene Hühnersuppe ans Bett. Prüfend legte sie die Hand auf die Stirn ihrer Patienten und stellte erleichtert fest, dass bei beiden das Fieber etwas gesunken war. Nachdem die Patienten ein paar Löffel Suppe gegessen hatten, las Johanna ihnen die Streiche von »Max und Moritz« vor. Am meisten lachten die Zwillinge für gewöhnlich beim fünften Streich, und normalerweise konnten sie es kaum abwarten, bis die Käfer unter der Bettdecke von Onkel Fritz herauskrabbelten. Doch heute hörte Johanna ihre Jungen nicht lachen. Und gerade, als sie die letzten Zeilen des fünften Streichs gelesen hatte: »Onkel Fritz hat wieder Ruh und macht seine Augen zu«, fielen auch die Augen von Werner und Reinhard zu. Johanna legte das Buch zur Seite, nahm die Suppenteller und ging leise aus dem Zimmer. Den frühen Nachmittag verbrachte sie im Garten, wo sie Karotten- und Radieschensamen in ihrem Gemüsebeet aussäte.

Als Werner und Reinhard beinahe gleichzeitig die Augen aufschlugen, war ihnen fürchterlich heiß. Sie zogen sich die dicken Wollmützen vom Kopf und überlegten, was sie nun tun könnten. Müde waren sie nicht mehr, doch nach Aufstehen war ihnen auch nicht zumute. Da sie zum Mittagessen wie die Spatzen von der Suppe gegessen hatten, waren sie nun doch etwas hungrig. Werner überlegte: »Was könnten wir denn essen?« Suchend sah er sich um. Schließlich fiel sein Blick auf die Bommelmütze, die auf seiner Bettdecke lag: »Du Reinhard, wir könnten doch probieren, wie die Bommeln auf der Mütze schmecken. Muttel hat bestimmt nichts dagegen, die Mützen können wir ja auch ohne Bommel noch aufsetzen.« Reinhard war sofort einverstanden: »Ja, jeder isst seine eigene Bommel und dann sehen wir, wer zuerst damit fertig ist.« Gesagt, getan. Kurze Zeit später saßen Werner und Reinhard in ihren Betten und kauten eifrig auf den Bommeln ihrer Mütze.

Als Johanna etwas später in das Kinderzimmer kam, um nach ihren kranken Söhnen zu schauen, sah sie gerade noch die letzten Wollfäden aus Reinhards Mund hängen, während Werner dabei war, die Wollreste seiner Bommel mit einem kräftigen Schluck Kamillentee hinunterzuspülen. Mit einem Blick auf die bommellosen Mützen rief sie: »Was macht ihr denn da? Ihr habt doch nicht etwa die Bommeln gegessen?!« Doch die Zwillinge bestätigten ihre Befürchtung und berichteten stolz, dass sie diese ganz aufgegessen hatten, obwohl es gar nicht so einfach war. Ihre Mutter machte sich Sorgen, ob sich zu dem Mumps nicht auch noch ein verdorbener Magen dazugesellen würde. Doch glücklicherweise sorgte die gesunde Verdauung der Zwillinge für einen natürlichen Abgang dieser außergewöhnlichen Nachspeise. Geschmacklich hatten die beiden aber keinen Gefallen daran gefunden, und somit war dies das erste und das letzte Mal in ihrem Leben, dass sie Wolle verspeisten.

Der erste Schultag

Am 1. September 1942, zwei Tage vor ihrem sechsten Geburtstag, wurden Reinhard und Werner in der Grundschule von Altwasser eingeschult. An jenem Dienstagmorgen musste Johanna die beiden nicht wecken. Aufgeregt und putzmunter standen sie kurz vor Sonnenaufgang auf, um an ihrem ersten Schultag ja nicht zu spät zu kommen. Johanna half den beiden, die neuen Kleider anzuziehen, die ihre Freundin Erna für sie genäht hatte. Als die Zwillinge schließlich in den gleichen kurzärmligen Hemden und schwarzen Hosen mit Hosenträgern vor ihr standen, lächelte sie gerührt. Allein die Kniestrümpfe der beiden unterschieden sich, Werners Strümpfe waren schwarz, die von Reinhard grau.

Beim Frühstück machte sich die Aufregung der beiden Jungen unterschiedlich bemerkbar. Während Werner munter sein Marmeladenbrot aß und es kaum erwarten konnte, in die Schule zu gehen, brachte Reinhard fast keinen Bissen hinunter. Im Gegensatz zu seinem Bruder war er sich nicht so sicher, ob er sich auf die Schule freuen sollte. Als es Zeit war zu gehen, schlüpften die Zwillinge in ihre schwarzen Halbschuhe und setzten ihre neuen, genau gleichen braunen Lederranzen auf. Johanna, die plötzlich im Schlafzimmer verschwunden war, erschien gleich darauf mit zwei großen bunten Schultüten im Arm und strahlte ihre Buben an: »Etwas fehlt euch noch, bevor ihr in die Schule gehen könnt. Ihr sollt doch jeder eure eigene Schultüte haben.« Reinhard und Werner freuten sich sehr über diese Überraschung und schlossen glücklich ihre Schultüten in die Arme. Dann machten sie sich mit ihrer Mutter auf den Weg zur Volksschule. Schon von weitem sahen sie die Hakenkreuzflagge, die am Fahnenmast auf dem Schulhof gehisst war. Sie wussten noch nichts von dem Leid, das dieses Zeichen über unzählige Menschen brachte. Johanna begleitete ihre Söhne bis ans Schultor des vierstöckigen Schulhauses, wo sie zusammen mit den anderen Schulanfängern von ihrem zukünftigen Klassenlehrer, Herrn Wilhelm, in Empfang genommen wurden. Zögernd verabschiedeten Reinhard und Werner sich von ihrer Mutter. Zum ersten Mal in ihrem Leben waren sie auf sich allein gestellt. Einen Kindergarten hatten sie nie besucht, denn Johanna hatte ihre Jüngsten lieber zu Hause behalten. Wehmütig schaute sie den beiden nach, als sie mit den anderen kleinen Abc-Schützen unter der Führung von Herrn Wilhelm händchenhaltend in Zweierreihen in das Schulgebäude gingen. Kurz bevor Werner und Reinhard durch die Eingangstür schlüpften, drehten sie sich noch einmal um und winkten ihr zu. Dann folgten sie

Herrn Wilhelm in ihr neues Klassenzimmer, das sie sich von nun an mit den 46 anderen Schulanfängern teilen würden.

Staunend sahen die Zwillinge sich im Klassensaal um. Über der Tafel vorne an der Wand hing ein großes Schild mit der Aufschrift: »Hier herrscht Disziplin«, doch das konnten sie erst später lesen. Daneben prangte ein gerahmtes Foto, das einen fremden, streng aussehenden Mann mit Schnurrbart zeigte. An der schmucklosen Seitenwand befand sich ein Ofen, ansonsten war das Klassenzimmer von vorne bis hinten mit schräg angeordneten Holzpulten und Bänken ausgestattet, die so gestellt waren, dass in der Mitte ein Gang frei war. Ganz vorne stand das erhöhte Lehrerpult.

Herr Wilhelm war Mitte 30 und erst vor Kurzem vom Einsatz an der Front heimgekehrt. Er hatte eine Schussverletzung am Bein erlitten, die ihn für den Rest seines Lebens hinken ließ. Nachdem Herr Wilhelm sich vorgestellt hatte, bestimmte er die Sitzordnung der Kinder. Die Mädchen saßen auf den Bänken links des Ganges, die Jungen nahmen auf der rechten Seite Platz. Als schließlich alle Kinder vor ihm saßen, blickte er auf Reinhard und Werner, die selbstverständlich nebeneinander auf einer Bank Platz genommen hatten und ihren Lehrer schüchtern mit vier blauen Augen ansahen. Schmunzelnd sagte Herr Wilhelm: »Wie soll ich euch denn unterscheiden? Ihr seht nicht nur gleich aus, ihr habt ja auch genau die gleichen Sachen an.« Doch es sollte nicht lange dauern, bis der freundliche Lehrer die Zwillinge auseinanderhalten konnte.

Gleich am ersten Tag lernten die Kinder, dass sie aufzustehen hatten, sobald der Lehrer das Klassenzimmer betrat und wenn er sie aufrief. Als nächstes brachte Herr Wilhelm ihnen ein Lied bei, das auf die Melodie von »Ein Männlein steht im Walde« gesungen wurde: »Hurra, ich bin ein Schulkind und nicht mehr klein! Ich trag auf meinem Rücken ein Ränzelein. Tafel, Griffel, Lesebuch, das ist für ein Kind genug, und wenn ich fleißig lerne, dann werd ich klug.« Tafel und Griffel kamen gleich zum Einsatz, als die Schulanfänger die ersten Zahlen auf die Schiefertäfelchen schreiben durften.

Werner und Reinhard freuten sich, dass ihre Mutter bereits auf sie wartete, als sie aus der Schule kamen. Alle Anspannung war von ihnen gewichen, und munter erzählten sie von ihrem ersten Schultag. Zu Hause durften sie endlich ihre Schultüten auspacken, die, wie Reinhard sich heute noch erinnert, »sehr groß und sehr leer« waren. Doch sie freuten sich auch über das Wenige, das sie darin fanden: Äpfel, Bleistifte und von der Mutter selbst gebackene Kekse. Im Beisein von Arthur, Großmutter Anna und Tante Gretel feierte die Familie am Nachmittag im Garten den Schulbeginn mit Zwetschgenkuchen, echtem Bohnenkaffee für die Großen und Malzkaffee für die Kinder.

Werner bleibt stecken

Das »Bergla«, der Hügel hinter dem Haus, eignete sich prima zum Schlittenfahren. Günter, Walter, Werner und Reinhard hatten einen Schlitten, der groß genug war, dass alle vier zusammen darauf sitzen konnten. Während Werner und Reinhard an einem Januartag 1944 in der Schule waren, schneite es kräftig. Auch die Tage zuvor hatte es viel Neuschnee gegeben, sodass mittlerweile der Schnee fast einen Meter hoch lag. Bis zum Mittag klarte der Himmel auf, und die blasse Wintersonne kam zum Vorschein. Nach der Schule konnten Werner und Reinhard es kaum abwarten, im Schnee zu spielen. Reinhard hatte eine Idee: »Wir könnten doch einen Tunnel aus Schnee bauen und dann mit dem Schlitten durchfahren.« Begeistert stimmte Werner zu, und die beiden machten sich eifrig daran, am unteren Ende der Wiese Schnee zu einem Haufen aufzutürmen. Als sie alles gut festgeklopft hatten, höhlten sie den Schneehaufen aus, indem Reinhard auf der einen und Werner auf der anderen Seite grub, bis sie sich in der Mitte trafen. Schließlich war ihr Schneetunnel groß genug, um im Liegen mit dem Schlitten durchfahren zu können. Voller Vorfreude stapften sie das Bergla hinauf. Oben legte Werner sich mit dem Bauch auf den Schlitten und übernahm das Lenken, Reinhard legte sich bäuchlings auf seinen Bruder. Es klappte wunderbar, und sie sausten geradewegs durch den Schneetunnel. Die Zwillinge hatten so viel Spaß, dass sie gar nicht merkten, wie die Zeit verflog. Als es zu dämmern begann, rief Johanna aus dem Küchenfenster: »Wernerla und Reinerla, nun wird es aber Zeit, dass ihr reinkommt. Das Abendbrot ist fertig.« Die beiden beschlossen, gleich am nächsten Tag nach der Schule ihre Tunnelfahrten wieder aufzunehmen. Als sie am frühen Nachmittag rausgingen, war der Himmel grau und wolkenverhangen, doch das tat ihrer guten Laune keinen Abbruch, und sie stapften schnurstracks mit dem Schlitten im Schlepptau den Hügel hinauf. Von oben sah der Tunnel noch genauso aus, wie sie ihn am Vorabend verlassen hatten. Die Zwillinge ahnten jedoch nicht, dass durch das Tauwetter der vergangenen Nacht ihre Schneehöhle zusammengesunken war. Werner legte sich mit dem Bauch auf den Schlitten und sauste mit Hilfe eines kräftigen Schubses von Reinhard los. Die Bahn vom Vortag war leicht vereist, und der Schlitten gewann schnell an Fahrt. Gespannt beobachtete Reinhard von oben, wie Werner immer schneller den Hügel hinunterraste, direkt auf den Schneetunnel zu und kopfüber hinein. Doch er wartete vergeblich darauf, dass sein Bruder am anderen Ende des Tunnels wieder herauskam. Stattdessen herrschte Totenstille. Nur Werners Füße ragten noch heraus, ansonsten war von ihm nichts zu sehen, er schien wie von der Höhle verschluckt. Beunruhigt rannte Reinhard den Berg hinunter und versuchte, seinen Bruder an den Füßen herauszuziehen. Werner steckte jedoch so fest, dass ihm das nicht gelang. Mit bloßen Händen musste Reinhard deshalb seinen Bruder aus dem Schnee buddeln und war sehr erleichtert, als er ihn unversehrt auf dem Schlitten liegend freigelegt hatte.

Die Zwillinge bauen eine Falle

Besonders gerne spielten Werner und Reinhard in dem großen Sandkasten vor ihrem Haus. Er befand sich genau unter dem Küchenfenster, zu dem die Jungen für gewöhnlich ein- und ausstiegen. Doch ihre Freude an den selbst gebauten Kunstwerken aus Sand wurde immer wieder durch ihre Nachbarin, Fräulein Schroll, getrübt. Fräulein Schroll war im selben Alter wie Johanna, und so streng wie ihr Haar zu einem Dutt hochgesteckt war, blickte sie durch ihre Nickelbrille. Sie war nicht verheiratet und lebte noch bei ihren Eltern, die einen großen Bauernhof mit

Kühen, Schweinen und Hühnern besaßen. Die Stallarbeit lag ihr nicht, lieber lud sie sich selbst zu einem Besuch bei Johanna ein. Dann redete sie beinahe unaufhörlich und ohne danach zu fragen, ob Johanna Zeit hatte. Für Kinder hatte Fräulein Schroll wenig Sinn, deshalb interessierte sie sich auch kaum für die Zwillinge, doch wenn sie von ihnen redete, ließ sie meistens kein gutes Haar an ihnen. Insgeheim gaben Werner und Reinhard ihr daher den Spitznamen »Meckertante«.

Eines Mittags stand Fräulein Schroll wieder einmal unerwartet vor der Haustür. In der Hand hielt sie eine prall gefüllte Tasche. Nachdem Johanna sie hereingelassen hatte, lief sie schnurstracks in die Küche, wo Reinhard und Werner schon hungrig am Tisch saßen und auf das Mittagessen warteten. Doch Fräulein Schroll schien nicht zu merken, dass der Tisch gedeckt war und die Bohnensuppe auf dem Herd köchelte. Vor den erstaunten Augen Johannas und der Zwillinge stellte sie ihre Tasche mitten auf den Küchentisch und erzählte: »Jetzt zeige ich euch mal, was es bei uns heute Leckeres zu essen gibt. Davon könnt ihr bestimmt nur träumen!« Sie schob Teller und Besteck beiseite und begann, auszupacken. Was Fräulein Schroll nun alles auf den Tisch legte, ließ den Zwillingen das Wasser im Mund zusammenlaufen: Frischgebackenes Brot, Schinken, hart gekochte Eier und ein dickes Stück Käse. Als die ganzen Köstlichkeiten vor ihnen auf dem Tisch lagen, setzte ihre Nachbarin sich plötzlich hin, nahm einen Teller und häufte sich ihr eigenes Essen darauf. Dabei sagte sie: »Seht nur mal, wie der liebe Gott für mich gesorgt hat. Da kriegt man richtig Appetit. Das wird mir aber jetzt schmecken!« Während sie vor den Augen der hungrigen Zwillinge aß, holte Johanna wortlos die Bohnensuppe vom Herd und stellte einen neuen Teller auf den Tisch. Sie waren schon lange mit Essen fertig, als Fräulein Schroll sich die Finger ableckte, endlich ihre Reste in die Tasche packte und sich verabschiedete. Vom Küchenfenster aus mussten die Zwillinge mitansehen, wie ihre Nachbarin wieder einmal quer durch den Sandkasten lief. Schon oft hatten sich Werner und Reinhard darüber geärgert, denn sie scherte sich nicht darum, ob sie dabei eine mühevoll errichtete Burg oder einen schön dekorierten Sandhügel zerstörte.

Ein paar Tage später bauten Werner und Reinhard eine besonders schöne Sandburg. Nachdem sie noch den Burggraben ausgeschaufelt hatten, nahmen sie ihre Eimerchen und gingen zu dem nahegelegenen Teich, um Wasser zu holen. Als sie zum Sandkasten zurückkamen, bot sich ihnen ein schlimmer Anblick. Ihre mühevoll erbaute Burg war völlig zerstört, der soeben sorgfältig ausgehobene Burggraben von Sand verschüttet. Reinhard ließ erschrocken sein Eimerchen fallen und rief: »Das war bestimmt diese olle Schrolle, man kann ihre

Fußspuren quer durch den ganzen Sandkasten verfolgen!« Wütend antworte Werner: »Die Meckertante hat unsere schöne Burg einfach zertrampelt, jetzt soll sie ihre gerechte Strafe dafür kriegen!« Kurze Zeit später waren die Zwillinge wieder eifrig damit beschäftigt, im Sand zu buddeln. Doch sie bauten keine neue Burg und schaufelten auch keinen Burggraben mehr aus. Mit verbissenen Mienen gruben sie stattdessen ein tiefes Loch, groß genug, dass ein Erwachsener bis zu den Knien darin stehen konnte. Dann legten sie Äste, Blätter und Moos über das Loch und bedeckten alles mit einer dicken Schicht aus Sand. Als sie fertig waren, sagte Werner zufrieden: »Man sieht überhaupt nicht, dass hier im Sand ein Loch ist. Jetzt kann die Meckertante ruhig kommen und durch unseren Sandkasten laufen.« Reinhard spähte von außen zum geöffneten Küchenfenster hinein und hörte, wie Fräulein Schroll gerade zu Johanna sagte: »Ich an deiner Stelle wäre nicht so zufrieden damit, mich immer nur um das Haus und die Kinder zu kümmern. Aber leider ist dein Mann ja nur ein einfacher Grubenangestellter und kein wohlhabender Gutsbesitzer, da bleibt dir nicht viel anderes übrig. So eine schöne Porzellanvase kannst du dir da natürlich nicht leisten.« Reinhard sah gerade noch, wie Fräulein Schroll seiner Mutter eine kunstvoll bemalte Vase unter die Nase hielt, bevor sie sich verabschiedete. Als die Haustür aufging und Fräulein Schroll mit der Vase im Arm hinaustrat, waren die Zwillinge wie vom Erdboden verschluckt. Sie wusste nicht, dass die beiden sich hinter dem Hühnerstall versteckten, von wo aus sie den Sandkasten genau im Blick hatten. Nichtsahnend stapfte sie auf ihrem Nachhauseweg auch nun wie selbstverständlich durch den Sand. Werner und Reinhard hielten den Atem an. Und dann passierte genau das, was die beiden sich erhofft hatten: Fräulein Schroll trat mitten in die Falle. Mit einem Aufschrei sank sie in das Loch, dabei landete die Vase im Sand. Reinhard und Werner kicherten hinter vorgehaltenem Mund. Sie mussten sich sehr bemühen, nicht lauthals zu lachen. Das Bild, das sich ihnen bot, war köstlich. Fräulein Schroll lag mit dem Gesicht nach unten im Sand. Als sie aufblickte, war ihr vor Wut verzerrtes Gesicht von Sand bedeckt, und selbst im Mund hatte sie Sand, den sie nun prustend ausspuckte. Die Zwillinge hinter dem Hühnerstall hielten sich den Bauch vor Lachen. Lauthals schimpfend zog Fräulein Schroll sich schließlich aus dem Loch, klopfte von oben bis unten den Sand ab und sammelte ihre zum Glück unversehrte Vase auf. Ohne Johanna eines Blickes zu würdigen, die halb erschrocken, halb belustigt zum Küchenfenster hinausschaute, stampfte sie davon. Als die Zwillinge kurze Zeit später durchs Küchenfenster geklettert kamen, entging ihnen der strenge Blick ihrer Mutter nicht. Sie waren sich bewusst, dass ihnen eine

Strafe blühen könnte, und ließen etwas schuldbewusst die Köpfe hängen. Johanna hatte sich fest vorgenommen, mit den beiden zu schimpfen, denn ihre Nachbarin hätte sich ernstlich verletzen können. Doch als sie ihren Mund aufmachte, um ihren Söhnen die Leviten zu lesen, konnte sie nur noch lachen, und erleichtert stimmten Werner und Reinhard mit ein. Seitdem kam Fräulein Schroll nicht mehr so oft wie bisher. Um den Sandkasten machte sie von nun an einen großen Bogen.

Reinhard und Werner finden eine Schlange

An einem heißen Sommertag im August 1944 machten Reinhard und Werner einen Streifzug durch ein nahegelegenes Wäldchen. Sie hatten Sommerferien und wollten auf einer Waldlichtung ein Picknick machen. Johanna hatte ihnen dafür einen Korb mit leckeren Sachen gepackt: Hart gekochte Eier, Butterbrote, zwei Koteletts vom Vortag und zum Nachtisch Kekse, außerdem eine Flasche mit selbst gemachtem Himbeersaft sowie eine Picknickdecke. Werner und Reinhard waren schon oft mit ihren großen Brüdern in dem Wald gewesen und kannten sich bestens aus. Nach einer halben Stunde Fußmarsch erreichten sie den Rand der Lichtung, wo sie die Decke unter dem Schatten eines Baumes ausbreiteten. Genüsslich verspeisten sie die Köstlichkeiten aus dem Korb. Sie hatten gerade die Kekse verputzt und den letzten Tropfen Himbeersaft getrunken, als sie plötzlich neben sich im Laub etwas rascheln hörten. Reinhard sah zuerst, was es war und rief: »Da ist eine Schlange, schnell weg!« Doch Werner war neugierig, und wollte sich das Tier näher ansehen, das nun aufgerollt in der Sonne lag. Leise schlich er sich näher, dann lachte er und sagte: »Das ist doch keine Schlange, sondern nur eine harmlose Blindschleiche.« Vorsichtig kam Reinhard näher und besah sich das schwarze Tier. Die Augen waren weit geöffnet, die Pupillen dabei nur als senkrechte Schlitze zu sehen, gelegentlich züngelte es. Auf dem Rücken hatte es ein Zickzack-Muster, das aufgrund ihrer schwarzen Färbung jedoch nur schwach zu erkennen war. Reinhard hatte sich noch nie zuvor eine Blindschleiche näher angesehen und meinte: »Also so sehen Blindschleichen aus, die haben ja sogar ein Zickzack-Muster, wie bei echten Schlangen!« Er überlegte: »Wir könnten sie ja in die Tierhandlung von Herrn Schilling bringen, vielleicht kann er sie verkaufen.« Werner fand die Idee gut, und eifrig überlegten die beiden, wie sie es anstellen sollten, das Tier zu Herrn Schilling zu transportieren. Dabei fiel Reinhards Blick auf den inzwischen leer geputzten Korb: »Wir tun sie am besten in den Korb und legen die Decke darüber.« Doch das war einfacher gesagt als getan. Als

Werner und Reinhard sich der Blindschleiche mit dem Korb näherten, zischte sie laut und schnellte mit dem Oberkörper nach vorne. Erschrocken sagte Reinhard: »Ich glaube, die will uns beißen.« Werner lachte: »Blindschleichen beißen doch nicht, die will uns nur drohen. Halt du den Korb hin, ich treibe sie hinein.« Werner nahm einen abgebrochenen Ast und klopfte direkt hinter der Blindschleiche auf den Boden. Schnell wie der Blitz schoss diese daraufhin direkt in den Korb, den Reinhard geistesgegenwärtig hochriss. Werner schmiss die Decke darüber, und so schnell sie konnten, liefen die Zwillinge mit ihrem Fang zur Tierhandlung. Herr Schilling kannte die Jungen gut, denn sie kamen öfter bei ihm vorbei, um sich seine Tiere anzuschauen. Werner legte gleich los: »Wir haben dir etwas mitgebracht, das du in deinem Laden verkaufen kannst.« Reinhard streckte ihm den Korb hin und ergänzte: »Wir haben nämlich eine Blindschleiche gefangen!« Belustigt meinte Herr Schilling: »Eine Blindschleiche hatte ich bis jetzt noch nicht im Angebot, na, da wollen wir doch mal sehen, was ihr Schönes mitgebracht habt.« Als er in den Korb blickte, bekam er einen Schrecken und sagte: »Kinder, das ist keine Blindschleiche, das ist eine Kreuzotter! Das sieht man deutlich an dem Zickzack-Band auf ihrem Rücken! Ihr habt großes Glück gehabt, dass sie euch nicht gebissen hat, denn die Kreuzotter ist eine Giftschlange.« Erschrocken wichen Reinhard und Werner zurück und waren heilfroh, als Herr Schilling ihnen versprach, dass er sich um die Schlange kümmern würde. Noch am selben Abend wollte er sie wieder im Wald aussetzen, denn Schlangenhalter zählten nicht zu seinen Kunden. Nachdem er die Kreuzotter in ein leeres Aquarium umquartiert hatte, reichte er Werner den Korb und sagte schmunzelnd: »So, ihr kleinen Schlangenfänger, von nun an werdet ihr eine Kreuzotter sicherlich von einer Blindschleiche unterscheiden können. Und wenn ihr das nächste Mal zu mir kommt, habe ich vielleicht schon ein paar Babykätzchen, mit denen ihr spielen könnt.«

Günter wird Soldat

Im Herbst 1944 kam es zu einschneidenden Veränderungen für Johanna, Arthur und ihre vier Söhne. Bisher waren sie von den Auswirkungen des in Europa tobenden Krieges weitgehend verschont geblieben, und auch ihr ganz persönlicher Familienfriede war noch nicht wie bei den meisten anderen davon erschüttert worden. Doch das änderte sich schlagartig, als Günter am 18. Oktober 1944 mit einem amtlichen Schreiben zum Reichsarbeitsdienst, kurz RAD, einberufen wurde. Bereits am nächsten Tag hatte er sich im Arbeitslager von

Liebenau[3] zu melden. Hals über Kopf trat Günter noch am selben Tag mit dem Zug die lange Reise nach Westpreußen an. Was für ihn und seine Brüder bis vor Kurzem noch Spiel gewesen war, wurde nun bitterer Ernst. Günter wurde Soldat.

In der darauffolgenden Woche wurde die Schule der Zwillinge zum Lazarett umfunktioniert. Den Schulkindern und noch verbliebenen Lehrern wurde stattdessen das ehemalige alte Schulgebäude in der Nähe des Bahnhofs zugewiesen. Da mittlerweile auch alle wehrtauglichen Lehrer in den Krieg eingezogen worden waren, bestand das Lehrerkollegium ausschließlich aus pensionierten Lehrern oder solchen, die mit Kriegsverletzungen nach Hause zurückgekehrt waren und ihren Dienst in der Schule wieder aufgenommen hatten. Zu Beginn des Jahres 1945 wurden sämtliche Schulen geschlossen. Die Schulgebäude wurden zu Lazaretten umfunktioniert und die Lehrer zu Kriegshilfsdiensten eingeteilt. Somit wurden Werner und Reinhard wieder ausgeschult, noch bevor sie die dritte Klasse beendet hatten. Ihr 14-jähriger Bruder Walter wurde dazu abkommandiert, eine mehrwöchige Ausbildung als »Feldscher« zu machen und musste lernen, die verwundeten Soldaten zu versorgen. Arthur hatte ab sofort für den Dienst im Volkssturm zur Verfügung zu stehen. Da für den Volkssturm auch noch 60-jährige Männer verpflichtet wurden, höhnten nun viele: »Wir alten Affen sind die neuen Waffen.«

Günter schrieb seiner Familie viele Briefe. Die Zwillinge freuten sich sehr, als ihr großer Bruder ihnen im November einen Brief für sie ganz alleine schrieb:

Liebenau, 16. 11. 44

Mein lieber Werner und Reinhard!
Nun will ich an Euch einmal ein paar Zeilen senden. Ihr habt nun schon so viel an mich geschrieben, aber von mir noch keine Antwort erhalten. Eben haben wir Abendbrot gegessen, und unser Licht brennt noch 30 Minuten, da kann man noch schnell ein Brieflein scheiben. Mir geht es noch gut. Euch doch hoffentlich auch, nicht? Ja, ja, Werner und Reinhard, ich bin nun so langsam Soldat geworden. Möchtet Ihr nicht auch mitkommen und Gewehr, Stahlhelm, Patronentaschen, Munition, Gasmasken, Zeltbahnen, Wolldecken, Tornister, Kochgeschirr, Brotbeutel, Sturmgepäck, Wäsche und dergleichen mehr empfangen? Gestern haben wir einen Ausmarsch gemacht mit Gepäck, außerdem mussten wir uns immer auf den holprigen, gefrorenen Feldern hinlegen, wieder aufstehen usw. Wir waren ganz schön fertig danach. Das Beste war, als wir heimgekehrt waren, hieß es: »In fünf Minuten tritt alles in

Drillichsachen und Waldlaufschuhen an…« Ja so ist es, und nachher singt man »Es ist so schön, Soldat zu sein…« Heute haben wir den ganzen Tag Schützenstände gebaut. Hat es nun bei Euch schon geschneit? Hier ist es nur gefroren und furchtbar kalt. Nun, lieber Werner und Reinhard, wenn Ihr mal Zeit habt, dann schreibt mir wieder einmal. Seid nun vielmals gegrüßt
Euer Bruder Günter

Richtet viele Grüße an Vatel, Muttel und Walter

Am 7. Dezember wurde Günter von seinem Dienst beim RAD entlassen und durfte nach Hause fahren. Doch die Freude währte nicht lange. Nur drei Tage nach Günters Heimkehr erreichte ihn der Stellungsbefehl. Damit stürzte für die Eltern und ihre vier Jungen ihre soeben wieder zusammengefügte Familienwelt erneut zusammen. Im Gegensatz zu seiner Einberufung zum Reichsarbeitsdienst wussten sie jetzt mit Sicherheit, dass Günter an die Front geschickt werden würde. Anstatt der besinnlichen Adventszeit, die Arthur und Johanna mit ihren vier Söhnen bisher jedes Jahr in Vorfreude auf das Weihnachtsfest besonders genossen hatten, war mit dem Stellungsbefehl die Sorge bei ihnen eingezogen. Obwohl Arthur und Johanna so gut wie möglich versuchten, den Zwillingen gegenüber sich nichts von ihrem Kummer anmerken zu lassen, spürten Werner und Reinhard die gedrückte Stimmung ihrer Eltern. Johanna, die meistens während der Hausarbeit leise vor sich hin gesummt hatte, schlich nun mit ernster Miene durchs Haus, und Arthur scherzte nicht wie sonst mit seinen Jüngsten. Der Abschied am Bahnhof von Altwasser fiel unsäglich schwer. Nachdem Arthur und Johanna ihren Günter ein letztes Mal umarmt hatten, hingen die Zwillinge weinend am Hals ihres großen Bruders und baten ihn, doch nicht in den Krieg zu gehen. Mit Tränen in den Augen lächelte Günter seine kleinen Brüder an und sagte: »Ewig kann der Krieg ja nicht dauern. Kümmert euch nur gut um Vatel und Muttel, seid fleißig und lernt brav. Und schreibt mir bald, was ihr so macht, gelt?« Dann ertönte der schrille Pfiff des Schaffners, und es wurde Zeit zum Einsteigen. Trotz der eisigen Kälte lehnte Günter sich noch lange aus dem Fenster des abfahrenden Zuges und winkte seiner am Bahnsteig stehenden Familie zu.

In der Kaserne von Bunzlau[4] wurde Günter nach seiner Musterung zur Artillerie eingeteilt. Auch von dort aus schrieb er seiner Familie beinahe täglich.

Kurz nach Weihnachten erhielten die Zwillinge wieder einen eigenen Brief von ihrem großen Bruder:

Erster Weihnachtstag 1944

Lieber Werner und Reinhard!
Nun will ich auch Euch einmal ein paar Zeilen schreiben. Mir gefällt es hier ganz gut. In unsrer Stube haben wir einen Christbaum und überall Tannenreisig, so werden wir Weihnachten ganz gut überstehen. Wie habt Ihr denn Heiligabend gefeiert, seid Ihr zufrieden mit Eurer Bescherung? Hat es bei Euch viel Schnee liegen, geht Ihr öfter Schlittenfahren? Ihr müsst mir einmal alles schreiben, gelt? Nun, Werner und Reinhard, will ich schließen. Seid nun vielmals gegrüßt
Euer Günter

Am 28. Dezember schrieben die Zwillinge und Walter ihrem großen Bruder:

Mein lieber Günter!
Morgen schlachten wir einen Karnickel. Den haben wir getauscht für unseren Hahn! Denn bis zum 31. Dezember müssen alle Karnickel weggeschlachtet sein. Aber wir wollen sehen, dass wir zwei Karnickel halten können. Wir wollen doch nächstes Jahr auch wieder etwas Fleisch haben, besonders, wenn Walter konfirmiert wird und wenn Du auf Urlaub kommst. Dann schmeckt es Dir

doch auch gut. Wir freuen uns schon, wenn Du wieder daheim sein wirst. Bis dahin herzliche Grüße
Dein Bruder Werner

Reinhard fügte hinzu:

Schönen Gruß vom Reinhard.

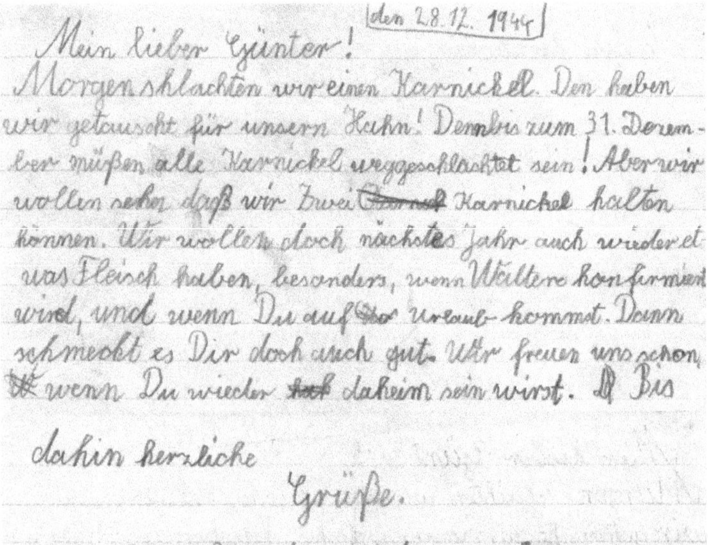

den 28.12. 1944

Mein lieber Günter!
Morgen shlachten wir einen Karnickel. Den haben wir getauscht für unsern Hahn! Denn bis zum 31. Dezember müßen alle Karnickel weggeschlachtet sein! Aber wir wollen sehen daß wir zwei Karnickel halten können. Wir wollen doch nächstes Jahr auch wieder etwas Fleisch haben, besonders, wenn Walter konfirmiert wird, und wenn Du auf Urlaub kommst. Dann schmeckt es Dir doch auch gut. Wir freuen uns schon, wenn Du wieder daheim sein wirst. Bis dahin herzliche Grüße.
Dein Bruder Werner!

Walter hatte ein paar gute Wünsche für Günter:

Ein gesundes neues Jahr, alles Gute und guten Appetit wünscht Dir, liebes Brüderle
Walter

Im Familienbrief zu Günters Geburtstag am 7. Januar 1945 gratulierten auch die Zwillinge. Zu Günters Erheiterung war ihr Wortlaut genau derselbe, sodass er mit Ausnahme der Unterschrift den Text doppelt sah:

Mein lieber Günter!
Ich gratuliere Dir auch zu Deinem Geburtstage und wünsche Dir alles Gute, dass Du den Krieg bald beendest. Herzliche Grüße und Küsse schickt Dir
Dein lieber Bruder Werner!

Mein lieber Günter!
Ich gratuliere Dir auch zu Deinem Geburtstage und wünsche Dir alles Gute, dass Du den Krieg bald beendest. Herzliche Grüße und Küsse schickt Dir
Dein lieber Bruder Reinhard!

Noch ahnte niemand, dass Günter wenige Tage später den letzten Brief an seine Familie schreiben würde. Was danach mit ihm geschah, sollte für immer ein Rätsel bleiben.[5]

Russen im Garten

Im Frühling 1945 mussten die aus der Schule entlassenen Kinder unter Aufsicht ihrer früheren Lehrer mehrmals in der Woche Kräuter sammeln und in den Lazaretten abliefern. Die Krankenschwestern kochten daraus Tee und machten Auflagen für die Wunden. Mit Kriegsende am 8. Mai wurde dem Kräutersammeln jedoch ein jähes Ende gesetzt. Noch am selben Tag rollten russische Soldaten mit Panzern in Waldenburg ein und besetzten zahlreiche Gebäude und Wohnungen. Tag und Nacht waren die Familien nun in ihren eigenen Häusern nicht mehr sicher, nie wussten sie, wann jemand kommen würde, um sich an ihrem Hab und Gut zu bereichern oder sie sogar mit Gewalt fortzujagen. Auch Arthur und Johanna wurden vor Eindringlingen nicht verschont und fragten sich voller Angst und Sorge, wie es weitergehen sollte.[6]

Wenige Wochen nach dem Einmarsch der Russen schlugen etwa 60 Soldaten auf der großen Wiese hinter Johannas und Arthurs Haus ihr Lager auf, sodass sich die Familie nun nicht mehr in ihren eigenen Garten traute und es nicht wagte, die Fenster zu öffnen oder das Haus zu verlassen. Da sie nichts anderes zu tun hatten, standen die Zwillinge oft am Wohnzimmerfenster und beobachteten durch die Gardine hindurch die russischen Soldaten im Garten. Als sie an einem Vormittag im Juni wieder einmal aus dem Fenster spähten, wurden ihre Augen groß. Wenige Meter vor ihnen saßen mehrere Soldaten im Halbkreis auf der Wiese. Einer von ihnen hielt gerade einen kleinen, eierförmigen Gegenstand hoch, der vom Aussehen her einer Ananas ähnelte, mit einem kleinen Bügel am oberen Ende. Wild gestikulierend schien der Soldat seinen Kameraden etwas zu erklären, dabei zeigte er immer wieder mit dem Finger auf die Erde. Jetzt sahen Werner und Reinhard erst, dass vor den Soldaten ein ganzer Haufen dieser Teile lag. Reinhard fragte seinen Bruder: »Was sind denn das für komische Dinger, ob das ein Spiel ist?« Werner konnte sich auch keinen Reim darauf machen. Die beiden gingen zu ihrer Mutter in die Küche, und Werner fragte: »Du Muttel, die Soldaten haben ganz viele komische Dinger ins Gras gelegt, ob die damit spielen wollen?« Johanna folgte ihren Jungen ins Wohnzimmer und spähte vorsichtig durch die Gardine zum Fenster hinaus. Sie erkannte sofort, was die Soldaten da vor sich ausgebreitet hatten, und wurde kreidebleich. Sie musste sich bemühen, nicht laut aufzuschreien und hielt sich erschrocken die Hand vor den Mund. Dann stammelte sie: »Das ist kein Spielzeug, das sind Handgranaten!« Erschrocken zog sie ihre Jungen vom Fenster weg und rannte mit ihnen auf den Dachboden. Vom Dachfenster aus konnten sie beobachten, wie die Soldaten die Handgranaten einsammelten und damit zum Teich gingen. Mit angehaltenem Atem sahen Johanna und die Zwillinge zu, wie einer der Männer eine Handgranate ins Wasser schmiss. Fünf Sekunden später hörten sie einen lauten Knall. Die Detonation der Granate war so stark, dass die Kellerfenster des Nachbarhauses zerbarsten. Unruhig überlegte Johanna mit ihren Jungen: Wollen die Soldaten auf diese Weise die Handgranaten entsorgen? Oder ist ihnen langweilig und sie machen sich einen Spaß? Die Antwort ließ nicht lange auf sich warten. Kurze Zeit später sahen sie tote Fische an die Wasseroberfläche treiben. Darauf hatten die Soldaten offensichtlich gewartet, denn nun machten sie sich daran, die Fische mit Netzen aus dem See zu holen. Ihr Fang war allem Anschein nach groß genug, denn eine weitere Handgranate warfen sie nicht in den Teich. Pfeifend gingen sie mit den toten Fischen in ihr Lager zurück. Kurz darauf sahen Johanna und die Zwillinge Rauch aufsteigen und wussten, dass die Männer sich ihr Mittagessen zubereiteten. Erleichtert begaben sie sich wieder nach unten in ihre Wohnung.

Werner und Reinhard hoch zu Ross

Nachdem die Soldaten weitergezogen waren, beschlagnahmte ein russischer Oberst die Wohnung im zweiten

Stock und ließ sich mit seinen beiden Bediensteten dort häuslich nieder. Der Oberst brachte nebst Knecht und Kutscher noch zwei Pferde mit, die ebenfalls eine Unterkunft brauchten. Der noch vorhandene einstige Pferdestall im Garten eignete sich vorzüglich, und die Pferde zogen dort ein. Arthur und seiner Familie war zunächst mulmig zumute, mit den fremden Männern unter einem Dach zu leben, doch zu ihrer großen Erleichterung stellten sie bald fest, dass die drei neuen Mitbewohner höflich und anständig waren. Auch die drei Männer merkten schnell, dass Johanna und Arthur ihnen gegenüber nicht feindselig gesinnt waren, sondern immer ein freundliches Wort für sie hatten. So entwickelte sich beinahe so etwas wie eine Freundschaft zwischen ihnen. Oberst Sascha kam gerne auf einen Besuch vorbei und wurde beinahe täglicher Gast bei Johanna und Arthur. Sascha hatte große Freude an den Zwillingen, die er nicht auseinanderhalten konnte. Werner und Reinhard wiederum waren von seinen schönen großen Pferden fasziniert. Oft gingen sie in den Stall, um ihnen Karotten oder getrocknete Apfelschnitze zu bringen, die der Knecht in großen Säcken mitgebracht hatte. Dabei entdeckten sie, dass auch ihnen das Pferdefutter vorzüglich schmeckte, und so verschwanden gelegentlich die Apfelschnitze nicht nur im Maul der Pferde, sondern auch im Mund der beiden hungrigen Jungen.

Nur zu gerne wären die beiden einmal geritten. Die Abenteuerlust packte sie, und sie stellten sich vor, auf den Pferden thronend über Wiesen und Felder zu galoppieren. Werner sah sich in seiner Fantasie bereits hoch zu Ross: »Stell dir nur vor, was die Leute für Augen machen würden, wenn wir auf den schönen Pferden an ihnen vorbeitraben würden.« Doch die achtjährigen Jungen waren klein und die Pferde riesengroß. Während Reinhard und Werner noch überlegten, wie sie es anstellen könnten, auf die Rücken der Pferde hinaufzukommen, kam der Kutscher um die Ecke. Er sprach kaum Deutsch, doch verstand er an den Blicken, was die Kinder wollten. Freundlich lachend hob er zuerst Werner auf das eine Pferd, dann Reinhard auf das andere. Stolz saßen die beiden zum ersten Mal in ihrem Leben hoch oben auf einem Ross. Doch die Pferde dachten gar nicht daran, mit ihren jungen Reitern einen Ausritt zu machen. Sie wollten Gras fressen und dabei nicht in ihrer Ruhe gestört werden. Der braune Wallach zögerte nicht lange und bäumte sich in seiner ganzen Höhe auf, so dass Werner in hohem Bogen durch die Luft flog und unsanft im Gras landete. Reinhards Pferd, ein schöner schwarzer Hengst, trabte los – geradewegs zum Stall, stupste mit der Schnauze die Tür auf und ging hinein. Dort blieb er wie angewurzelt stehen und rührte sich auch auf gutes Zureden hin nicht mehr vom Fleck. Lachend half der Kutscher Reinhard vom Pferd herunter. Damit waren die ersten Reiterfahrungen der Zwillinge schnell wieder beendet. Nicht lange danach wurde Sascha nach Moskau beordert, und er zog mitsamt seinem Gefolge und den Pferden wieder aus.

Ungebetene Gäste

Am 1. Juli 1945 übernahm der polnische Staat die Verwaltung der städtischen und auch privaten Betriebe und erklärte sie zu ihrem Besitz. Unaufhörlich zogen nun neue polnische Menschen in die Stadt und besetzten die Häuser und Wohnungen der Deutschen. Bald wurde angeordnet, dass alle Deutschen eine weiße Armbinde am linken Oberarm zu tragen hatten. Werner und Reinhard konnten auch jetzt in ihrer Heimat nicht mehr in die Schule gehen, denn für die deutschen Kinder war der Schulbesuch verboten. Ein Schulunterricht im privaten Kreis war auch nicht möglich, denn Zusammenkünfte von Deutschen waren ohne Genehmigung durch die polnische Behörde ebenfalls streng verboten. Sogar der Unterricht zu Hause bei den Eltern war unter Androhung von Gefängnisstrafen verboten und bedeutete sogar Lebensgefahr. Arthur und Johanna fragten sich oft voll Kummer, wie es für ihre Jungen ohne Schulausbildung weitergehen sollte. Doch noch sahen sie keinen Anlass, ihre Heimat zu verlassen. Ihren Dienst für die Kirche betrachteten sie als Auftrag, und immer wieder durften sie dabei Bewahrung erleben. Sie schöpften täglich Kraft aus dem Gebet und dem gemeinsamen Singen der ihnen wohlvertrauten Lieder aus dem Gesangbuch. In unbeobachteten, stillen Augenblicken holten sie die Schulbücher von Günter und Walter hervor und gaben den Zwillingen heimlich Unterricht. Anfangs schrieben sie die Schulhefte voll, die sie noch hatten. Doch mit der Zeit wurde es schwierig, denn neue Hefte konnten sie nicht kaufen und Papier gab es auch nicht. Für den Fall, dass die Polen kommen und die Schulbücher entdecken würden, rissen sie alle Seiten heraus, die über das dritte Reich handelten. Oft übte Arthur nach Feierabend mit seinen Söhnen Rechnen, doch die Angst saß ihnen dabei stets im Nacken, denn sie wussten nie, ob Polen bei ihnen auftauchen würden, um sie zu kontrollieren.

An einem Spätsommertag klopfte es an der Wohnungstür der Familie Seidel. Als Arthur öffnete, standen drei junge Leute vor ihm, daneben zwei bewaffnete Soldaten der polnischen Miliz. Einer der Soldaten ergriff das Wort in gebrochenem Deutsch: »Die Leute ab morgen arbeiten auf Grube, deshalb bei euch in Dienstwohnung einziehen.« Mit dem Gewehr in der Hand deutete er Arthur an, aus dem Weg zu gehen. Erschrocken eilte dieser zu seiner Familie in die Küche. Die fünf Eindringlinge gingen von einem Zimmer ins andere und sahen sich alles genau an. Nachdem sie sich auf Polnisch beraten hatten, wandte sich der Soldat wieder an Arthur und befahl: »Junge Leute wollen haben beide Schlafzimmer von Kindern und Wohnzimmer. Ihr alle Möbel in Wohnzimmer lassen, nix rausnemmen, auch Klavier nicht. Ihr teilen Kiche und Bad. Wenn ihr das nicht machen, dann ihr missen raus.« So mussten Arthur und Johanna mit ihren Söhnen von einer Minute auf die andere ihre Wohnung mit den drei fremden Menschen teilen. Wie sich herausstellte, kamen die beiden Männer und die Frau aus Oberschlesien und sprachen beinahe fließend Deutsch. Sie waren nicht wie so viele ihrer Landsleute von den Russen aus ihrer Heimat vertrieben worden, sondern von den Bergbaubehörden angeheuert worden, und erhofften sich mit ihrer Umsiedlung nach Niederschlesien ein besseres Leben. Noch am selben Tag ließen sie sich in der Wohnung nieder und richteten sich häuslich ein. Sie waren höflich, schienen es aber als selbstverständlich zu betrachten, die Möbel von Johanna und Arthur zu beschlagnahmen und die eingeforderten Zimmer zu besetzen. Das Ehepaar Hendrik und Malgorzata entschied sich für das Zimmer von Günter und Walter, der alleinstehende Piotrek zog in das Zimmer der Zwillinge. Er erlaubte Arthur und Johanna, ein

Bett der Zwillinge in ihr Schlafzimmer zu stellen und behielt das andere für sich selbst. Arthur, Johanna, Walter, Werner und Reinhard blieb nichts anderes übrig, als sich das Elternschlafzimmer zu teilen. Da ihnen zu fünft nur drei Betten zur Verfügung standen, teilten Reinhard und Werner sich ein Bett, Walter machte sich ein Lager auf dem Fußboden. Außerdem mussten sie sich wohl oder übel ab sofort daran gewöhnen, auch Küche und Bad mit den fremden Mitbewohnern zu teilen.

Piotrek, Hendrik und Malgorzata arbeiteten tagsüber auf der Grube. Wenn sie nicht zu Hause waren, nutzten Johanna und die Jungen oft die Gelegenheit, im Wohnzimmer Klavier zu spielen oder etwas aus dem Schrank zu holen. Doch das war nur möglich, wenn sie ganz sicher sein konnten, dass keiner ihrer drei Mitbewohner plötzlich nach Hause kam. Um keine unangenehme Überraschung zu erleben, schoben Werner oder Reinhard am Küchenfenster Wache. Von dort aus konnten sie rechtzeitig sehen, wenn sich jemand ihrem Haus näherte. Abends versammelte sich die Familie Seidel nun anstatt im Wohnzimmer am Küchentisch, um miteinander zu musizieren. Dann holte Arthur seine Geige oder Bratsche und begleitete Johanna und seine Söhne beim Singen. Während Piotrek sich meistens in sein Zimmer zurückzog, gesellten Hendrik und Malgorzata sich manchmal zu ihnen und hörten zu.

Auch wenn sich im Laufe der Zeit keine Freundschaft zwischen ihnen und ihren Mitbewohnern entwickelte, respektierte man sich und ging höflich miteinander um. Trotz der oft unangenehmen Situation und der Einschränkungen in ihrem eigenen Zuhause waren Arthur, Johanna und die Jungen froh, dass sie beim Einzug der Polen nicht wie so viele andere Deutsche einfach vor die Tür gesetzt worden waren. Arthur stand aufgrund seiner Position beim Bergbau unter besonderem Schutz und hatte zu diesem Zweck von der polnischen Bergwerksdirektion einen grünen Ausweis erhalten. Außerdem war seine weiße Armbinde mit einem besonderen Stempel für Bergwerksangestellte versehen und ließ auf den ersten Blick erkennen, dass er unter offiziellen behördlichen Schutz gestellt war.[7]

O Tannenbaum

Im März 1946 mussten Werner und Reinhard sich auch von ihrem zweiten großen Bruder verabschieden. Walter hatte im Herbst 1945 eine Ausbildung zum Grubenschlosser begonnen, was er aber eigentlich gar nicht wollte. Er tat dies notgedrungen, da es in den Wirren der Nachkriegszeit keine andere Möglichkeit für ihn gab. Das tägliche Einfahren in die Grube und die schwere Arbeit unter Tage waren für ihn aber so unerträglich, dass er kurz entschlossen die Gelegenheit zur Flucht nutzte, als Onkel Fritz mit Frau Frieda und Tochter Christa ausgewiesen wurden.[8] Ihr Sohn Rudi war, wie auch Günter, von der Front nicht mehr zurückgekehrt und galt als vermisst. Zusammen mit seinem Freund Hans schlich Walter sich in den Treck der Vertriebenen ein und stieg in den Zug mit unbekanntem Ziel. Das erste Lebenszeichen von ihm kam viele Wochen später in Form einer Postkarte mit der knappen Nachricht, dass es ihn und die anderen nach Leer in Nordfriesland verschlagen hatte. Auch eine Adresse gab er an, und Arthur und Johanna schrieben ihm viele Briefe. Sie hörten lange nichts mehr von ihm, bis im Januar 1947 endlich wieder Post von ihm kam:

Liebe Eltern und Brüder!
Jetzt, da ich weiß, dass ihr noch alle dort seid, möchte ich euch doch einen Brief schreiben, damit ihr nicht denkt, dass ich eventuell in der Fremde umgekommen bin. Ich erhielt alle eure lieben Briefe. Habt auch tausendmal recht herzlichen Dank dafür. Besonderen Dank aber für das schöne Bild, das ihr mir schicktet. Auch möchte ich doch dir, lieber Vatel, nachträglich recht herzlich zum Geburtstage gratulieren und Gottes reichsten Segen wünschen. Vielleicht führt uns Gott

in diesem Jahr alle zusammen, damit wir endlich wieder gemeinsam feiern können. Wie hast du denn den Geburtstag verlebt?

Seid alle recht herzlich gegrüßt, geküsst und Gott befohlen von
Eurem Walter

P. S. Wernerle und Reinerle könnten auch bald wieder schreiben.

Wieder vergingen Monate, bis Post von Walter kam. Inzwischen war er nach Dortmund gezogen:

Liebe Eltern und Brüder!
Ihr werdet schon lange auf Post von mir gewartet haben. Ich konnte allerdings nicht zeitiger schreiben, da ich ja kaum Gelegenheit dazu hatte. Mir geht es soweit ganz gut. Ihr braucht euch um mich gar keine Sorgen zu machen. Man sagt doch: Unkraut vergeht nicht. So ist es auch bei mir. Wie gerne wäre ich schon manchmal vergangen, doch ist es nie vorgekommen. Wie geht's euch? Vatel hat doch sicher noch einigermaßen Verdienst. Was machen Wernerle und Reinerle? Schade, dass bei euch so gar keine Schule ist. Ich glaube zeitweise, wahnsinnig zu sein, was ja bei diesen Zuständen gar

kein Wunder ist. Habt aber ja keine Angst, mir wird es immer gut gehen. Ich habe mir im Februar einen hellgrauen Anzug gekauft. Der Stoff taugt allerdings sehr wenig, aber das ist ja alles nur äußerlich. Man sollte an irdischen Gütern nicht hängen.

Meine neue Adresse lautet:

Dortmund Dorstfeld
Britische Besatzungszone
Deutschland
Provinz Westfalen

Wie steht alles zu Hause noch? Musst du, Vatel, noch schwere Arbeit verrichten? Wie ist es bei euch mit der Verpflegung? Musst du dich noch im Konsum so lange anstellen, liebe Muttel? Was machen Wernerle und Reinerle? Lernt ihr auch fleißig? Seid ja fleißig, sonst müsst ihr ewig klein bleiben! Das wollt ihr doch sicher nicht, wie? Schreibt also bitte recht bald wieder nach Dortmund. Seid alle recht, recht herzlich gegrüßt und Gott befohlen von
Eurem Walter

Der Dezember 1947 war bitterkalt und Heizmaterial war knapp. Arthur arbeitete mittlerweile als Arbeiter in einer Zündkohlefabrik auf dem Grubengelände und erhielt keine Kohlerationen mehr wie früher. Nun stand Weihnachten vor der Tür, doch die Weihnachtsstimmung, wie die Familie sie früher gehabt hatte, wollte sich ohne Günter und Walter nicht einstellen. An einen Weihnachtsbaum oder gar Geschenke für die Familie war nicht zu denken. Weihnachten ohne Weihnachtsbaum – das war für alle eine traurige Vorstellung. Doch ihnen blieb nichts anderes übrig, als sich darauf einzustellen, sich mit einem kleinen Tannenzweig und einer Kerze zu begnügen.

Um den Weihnachtsgottesdienst besonders feierlich zu gestalten, hatte Arthur noch einmal einen Kinderchor auf die Beine gestellt. Es war selbstverständlich, dass auch Reinhard und Werner in dem Chor mitsangen, ebenso Lotte und Friedrich, die beiden Kinder der Nachbarsfamilie Amsel. Ihr Vater, Wilhelm Amsel, war als Bergbauingenieur bei der Grube tätig gewesen, doch mittlerweile arbeitete er wie Arthur in der Zündkohlefabrik. Die beiden kannten und schätzten sich seit vielen Jahren.

Drei Tage vor Heiligabend hatten sich Arthur und die Kinder zu einer letzten Probe vor dem Festgottesdienst versammelt. Reinhard erzählte dabei dem neben ihm sitzenden Friedrich, dass es bei ihm zu Hause dieses Jahr keinen Christbaum geben würde. Friedrich antwortete mitleidig: »Oh, ihr Armen. Wir haben unseren Tannenbaum im Garten gefällt, den schmücken wir an Heiligabend.« Am nächsten Tag spielten Reinhard und Werner mit Lotte und Friedrich im Haus der Familie Amsel. Als Herr Amsel nach Beendigung seiner Schicht am Spätnachmittag von der Arbeit heimkam, winkte er die Zwillinge zu sich. Mit spitzbübischem Lächeln sagte er zu ihnen: »Kommt doch morgen Nachmittag um 16 Uhr an das Fabrikgelände. Dann ist meine zwölfstündige Schicht zu Ende, und ich zeige euch etwas.«

Neugierig und gespannt warteten die Zwillinge am nächsten Tag wie geheißen am Zaun des Fabrikgeländes. Kurz nach 16 Uhr kam Herr Amsel über den Hof zum

Tor gelaufen. Verschmitzt grinste er die beiden Jungen an: »Jetzt kommt mal mit, ich habe gestern nämlich etwas entdeckt.« Er führte Reinhard und Werner außerhalb des Fabrikgeländes am Zaun entlang. Schließlich zeigte er mit dem Finger auf eine kleine Waldschonung ganz in der Nähe des Zaunes. Was die Zwillinge dort sahen, ließ ihr Herz vor Freude höher schlagen: Auf dem tief verschneiten Waldboden lag ein Tannenbäumchen, das offensichtlich erst vor wenigen Tagen geschlagen worden war. Die Nadeln waren frisch und grün und dufteten würzig. Ihr freundlicher Nachbar hatte auch schon einen Plan: »Wer diesen Baum hier hingelegt hat, weiß ich nicht, aber den dürft ihr jetzt mit nach Hause nehmen. Du, Reinhard, hältst die Spitze, und Werner nimmt das hintere Ende auf seine Schulter. Ich laufe vor euch her und passe auf, dass euch niemand den Baum wegnimmt. Ich kann euch aber nur helfen, wenn ein einzelner Pole kommt. Falls zwei oder drei Personen gleichzeitig auf uns zukommen, hebe ich meinen Arm hoch, und ihr werft den Tannenbaum weg und rennt, so schnell ihr könnt, davon.«

Gesagt, getan. Kurze Zeit später bot sich dem einen oder anderen dieses Bild: Ein Fabrikarbeiter ging die verschneiten Straßen entlang, gefolgt von zwei genau gleich aussehenden Jungen, die mit einem Tannenbaum verbunden waren. So machten sich die drei auf den

Heimweg durch die Stadt. Mit jedem Schritt wuchs die Spannung, doch niemand versuchte, ihnen das Bäumchen wegzunehmen. Eine halbe Stunde später kamen sie schließlich auf versteckten Wegen wohlbehalten bei ihrem Elternhaus an. Johanna und Arthur teilten die Freude ihrer Jungen und bedankten sich herzlich bei Herrn Amsel, der sich augenzwinkernd von ihnen verabschiedete.

Zu Hause wurde der Baum in der Küche schön geschmückt mit Dingen, die vorhanden waren: ein paar Strohsterne, Äpfel und Silberlametta. Kerzen gab es keine zu kaufen, aber Arthur hatte vorgesorgt. Im Laufe des Jahres hatte er in der Kirche die abgebrannten Kerzenstummel gesammelt, aus denen die ganze Familie nun selbst Kerzen zog. Sie erhitzten das Wachs in einem »Quartla«, einem metallenen Gefäß mit Henkel. Dann wurden Schnüre mit einer Stange in das flüssige Wachs getaucht. Sobald die erste Schicht Wachs fest war, wurden die Schnüre wieder in das Gefäß getunkt. So entstanden neue Kerzen, die Arthur an den Weihnachtsbaum steckte.

Heiligabend gingen Reinhard und Werner mit ihren Eltern zur Christvesper in ihre altvertraute Kirche in Altwasser. Dabei fiel ihr Blick wieder einmal auf die kahle Stelle an der Wand neben der Kanzel, wo jahrzehntelang ein Gemälde ihres Großvaters gehangen hatte. Nachdem die polnischen Katholiken die Kirche zu ihrem Besitz erklärt hatten, war das Bild Anfang 1946 eines Tages plötzlich spurlos verschwunden.

Nach dem Festessen, bestehend aus Saitenwürstchen mit Brot und Sauerkraut, wurden die Kerzen am Weihnachtsbaum angezündet. Die Zwillinge und ihre Eltern waren mit Dankbarkeit und Staunen darüber erfüllt, dass sie so unverhofft doch noch zu einem Christbaum gekommen waren. Geschenke lagen zwar keine darunter, doch das tat ihrer Freude keinen Abbruch. Für sie war es auch so Weihnachten geworden. Sie dankten Gott dafür, dass sie einander hatten und immer wieder erleben durften, wie er für sie sorgte. Und während sich der würzige Tannenduft mit dem wohligen Geruch des Kerzenwachses vermischte und in der Küche ausbreitete, sangen sie die altvertrauten Weihnachtslieder. »O Tannenbaum« trällerten Werner und Reinhard an jenem Abend besonders inbrünstig.

Haut ab, ihr madiges Zeug!

Wenn Johanna Lebensmittel einkaufen wollte, wurde für sie der kurze Weg zum nächsten Konsum zu einer halben Tagesreise. Stundenlanges Anstehen in der Schlange musste eingeplant werden, deshalb reihte sie sich oft schon frühmorgens um 5 Uhr bei Wind und Wetter in die Schlange der Wartenden ein. Als sie endlich dran kam, konnte es aber passieren, dass die Regale bereits leer waren und sie unverrichteter Dinge wieder nach Hause gehen musste. Da ihr das lange Anstehen schwerfiel, nahmen Werner und Reinhard ihr das Einkaufen oft ab. Doch während die Zwillinge in der Warteschlange standen, kam es immer wieder vor, dass ein polnischer Arbeiter einer Brotbackfabrik sie und andere deutsche Kinder herausholte und zum Arbeiten in die Fabrik schickte. Wenn sie dann Stunden später nach getaner Arbeit und langem Fußmarsch endlich wieder am Konsum ankamen, warteten keine Menschen mehr vor dem Laden, denn es gab nichts mehr zu kaufen. Doch selbst wenn sie mit leeren Händen nach Hause kamen, war Johanna jedes Mal heilfroh, ihre Jungen unversehrt wieder in die Arme schließen zu können, denn sie wusste nie, wohin die beiden vielleicht verschleppt würden. So fiel das Mittagessen oft sehr dürftig aus, nicht selten bestand es aus ein paar restlichen Kartoffelschalen oder etwas Graupensuppe. Als Johanna wieder einmal nicht wusste, wie sie ihre Familie satt bekommen sollte, hatte sie eine Idee. Sie rief Werner und Reinhard zu sich und sagte zu ihnen: »Vatel hat erzählt, dass die Bergwerkskantine oft Essensreste wegschmeißt. Geht doch nach der Mittagspause mal rüber und klopft dort an. Vielleicht geben euch die Frauen in der Kantine ein paar Reste ab.«

Kurze Zeit später gingen die Zwillinge jeder mit einem Teller in der Hand über den Hof zum Haupteingang der Grubenanlage. Vor dem Tor stand ein polnischer Wachtposten mit grimmiger Miene. Werner und Reinhard hielten ihm die Teller hin und baten: »Dürfen wir uns in der Kantine etwas zu essen holen?« Der Aufseher blickte auf die vier bittenden blauen Augen der beiden gleich aussehenden Jungen herab. In schroffem Ton fuhr er sie auf Deutsch an: »Haut ab, ihr madiges Zeug!« Erschrocken wichen die Zwillinge zurück und machten, dass sie fortkamen. Doch so schnell wollten sie nicht aufgeben. Sie kannten das Gelände um die Grube herum wie ihre eigene Hosentasche und wussten, dass am Hinterhof des Verwaltungsgebäudes ein unbewachter Zaun war. Nachdem sie außer Sichtweite des unfreundlichen Wachtpostens waren, rannten sie in großem Bogen um die Anlage herum zur Rückseite des Gebäudes. Werner vorneweg, Reinhard hinterher, kletterten sie dort über den Lattenzaun. Vorsichtig schlichen sie in geduckter Haltung zu dem langen, einstöckigen Gebäude, in dem sich die Kantine befand. Schnurstracks eilten sie zu der unverschlossenen Eingangstür und schlüpften hinein. Mit ihren Tellern in den Händen standen sie schließlich vor einer äußerst verdutzten polnischen Kantinenmitarbeiterin. Die Mittagspause war gerade vorbei, und sie räumte das Geschirr von den langen Tischen ab. Die

Zwillinge zögerten zunächst, doch schließlich war der Hunger größer als ihre Angst. Mutig streckte Werner der Frau seinen Teller entgegen und fragte: »Geben Sie uns bitte etwas zu essen?« Die Frau schaute zuerst auf den leeren Teller, dann auf die beiden blonden Jungen. Sie sagte erst einmal nichts und schien zu überlegen, was sie mit den beiden hungrigen Brüdern machen sollte. Dann hatte sie eine Idee: »Ich gäben eich heite Reste von Essen, aber näxtes Mal, ihr missen schällen Kartoffen fier mich.« Sie nahm die Teller und häufte darauf, was die großen Töpfe noch hergaben: Hackbraten mit Soße, Kartoffelbrei und Bohnen. Werner und Reinhard lief das Wasser im Mund zusammen. Freundlich lächelnd gab sie den Brüdern schließlich ihre Teller zurück und sagte gutmütig: »Jetzt essen ihr eich nur scheen satt, damit irr werdet gross und stark!«

Von da an konnten sich die Zwillinge ab und zu in der Küche der Bergwerkskantine mit Kartoffelschälen ein Essen verdienen. Die strenge Küchenchefin gab ihnen genaue Anweisungen: »Irr nicht dierfen schällen dicker als eine Millimeter, sonst irr kriggen Ärrger mit mir!« Unter ihren wachsamen Blicken machten sich die Zwillinge zunächst etwas unbeholfen an die Arbeit und bemühten sich sehr, die Schale ja nicht mehr als einen Millimeter dick abzuschneiden. Das gelang ihnen nicht immer, und dann gab es zur Strafe von der Chefin eine

Kopfnuss. Doch die beiden ließen sich nicht entmutigen und lernten bald das perfekte Kartoffelschälen.

Der Wachtposten, der Werner und Reinhard als »madiges Zeug« beschimpft und fortgejagt hatte, sollte nie erfahren, dass die beiden über Monate hinweg immer wieder im wahrsten Sinne des Wortes hinter seinem Rücken über den Zaun kletterten, während er vorne am Eingangstor Wache schob.

Reinhard und Werner fangen Mäuse

Seit Walter fort war, hatten Reinhard und Werner die Aufgabe übernommen, den Karnickelstall auszumisten. Dabei wechselten sie sich ab, sodass einer der beiden immer ein Auge auf die vier Kaninchen haben konnte, die in ihrer Gegend allgemein auch »Bergmannschweinchen« genannt wurden. Während Reinhard ihnen auf der großen Wiese im Zickzack belustigt hinterherrannte, hatte er eine Idee: »Du Werner, wir könnten doch Jäger spielen. Wir sind die Jäger und gehen auf Karnickeljagd.« Werner, der gerade frisches Heu in den Stall streute, stimmte begeistert zu: »Au ja, das machen wir. Aber wir brauchen ein Gewehr, wie echte Jäger auch!« Als er sich suchend umsah, entdeckte er zwei Zaunpfähle, die an den Schuppen gelehnt waren. Kurze Zeit später konnte man die Zwillinge dabei beobachten, wie sie mit den Zaunpfählen bewaffnet durchs Gras schlichen. Die nichts ahnenden Kaninchen hoppelten über die Wiese, dicht gefolgt von den »Jägern«, und fraßen zwischendurch seelenruhig saftige Kräuter. Als Reinhard und Werner die Tiere gerade eingefangen und wieder in den Stall gesetzt hatten, sahen sie, wie eine Katze über die Straße spazierte und auf ein Mäuerchen vor dem Grubengelände sprang. Dort setzte sie sich hin und putzte sich. Nun war es Werner, der eine Idee hatte: »Wir könnten der Katze ein paar Mäuse fangen, dann muss sie es nicht selber machen.« Die Zwillinge wussten auch schon, wo sie die Mäuse finden würden. Oberhalb der Wiese lag das »Gerstmannfeld«, das von allen so genannt wurde, weil es einem Bauern namens Gerstmann gehörte. Es lag schon seit einiger Zeit brach, denn auch Bauer Gerstmann war in den Krieg eingezogen worden und bisher nicht zurückgekehrt. Reinhard und Werner hatten zwar schnell eine Idee, wie sie die Mäuse fangen könnten, doch die Sache hatte einen großen Haken: Dabei würden sie die Mäuse anfassen müssen. Und das wollte keiner der beiden. Sie kamen überein, ihren Freund Paul zu fragen, ob er ihnen dabei behilflich sein würde. Paul sammelte gerne Insekten und hatte auch keine Scheu davor, Mäuse anzufassen. Er stimmte sofort zu, und mit Eimern voll Wasser begaben sich die drei auf die Suche nach Mäuselöchern.

Schnell wurden sie zwischen dem Unkraut fündig. Sie wussten aber, dass Mäuse mehr als nur einen Ausgang haben. Nach kurzem Suchen entdeckten sie ein weiteres Loch in der Erde und teilten sich auf: Werner und Reinhard gingen mit den Wassereimern zu dem einen Loch, Paul setzte sich an das andere. Dann gossen Werner und Reinhard das Wasser in den Mäusegang, und es dauerte nicht lange, bis eine Maus aus dem anderen Loch gerannt kam, wo Paul schon auf sie wartete. Flugs schnappte er sie mit bloßer Hand und legte sie in einen leeren Eimer. Die Freude der Jungen über die so gefangene Maus war groß. Als sie den halben Eimer voller Mäuse hatten, gingen sie schnurstracks mit ihrer Beute zu dem Mäuerchen zurück, auf dem die Katze gesessen hatte. Doch sie war nicht mehr da. Gerade, als sie enttäuscht die Mäuse aufs Feld zurück tragen wollten, entdeckten sie die Katze unter einem Busch. Vorsichtig schlichen sie sich näher, um die Katze nicht zu verscheuchen, die jeden Schritt der Jungen beobachtete. Als die drei nur noch wenige Schritte entfernt waren, kippte Paul den Eimer um, und die Mäuse stoben vor den erstaunten Augen der Katze in alle Richtungen. Zunächst schien sie verwirrt von dem Getümmel, doch dann schoss sie blitzschnell unter dem Busch hervor und packte die nächstbeste Maus, die sie erwischen konnte. Die anderen Mäuse verschwanden auf Nimmerwiedersehen.

Werner singt Solo

Auch für den Gottesdienst an Heiligabend 1949 hatte Arthur die Kinder der noch verbliebenen deutschen Familien seiner Kirchengemeinde zu einem Kinderchor zusammengestellt. In den Wochen zuvor hatte er mit ihnen das Krippenlied »Schönstes Kindlein, bestes Knäblein« eingeübt. Dazu hatte er eine Oberstimme komponiert, die der 13-jährige Werner mit seiner glockenhellen Stimme solistisch singen würde, während der Kinderchor die fünf Strophen sang. Arthurs Nachbar und guter Freund Herbert würde die Kinder auf der Orgel begleiten.

An jenem Heiligabend knisterte die Luft der voll besetzten Kirche von Altwasser vor Spannung. Beinahe alle Deutschen, die noch nicht ausgewiesen worden waren, waren gekommen, um die wohlvertrauten und tröstlichen Worte der Weihnachtsbotschaft zu hören. Wie Arthur später in seinem Tagebuch festhielt, waren unter den Gottesdienstbesuchern auch etliche Menschen, die früher keinen Fuß in die Kirche gesetzt oder sich über die Christen und deren Glauben sogar lustig gemacht hatten. Doch nun waren sie genauso hungrig nach Balsam für ihre Seele wie alle anderen auch. Keiner von ihnen wusste, wann er Hals über Kopf seine Habseligkeiten packen und die Heimat verlassen musste, wie schon unzählige

Deutsche zuvor. Und allen war bewusst, dass auch diesem Gottesdienst in Zivil gekleidete polnische Spitzel beiwohnten, die jedes Wort der Predigt genau verfolgten, um sicherzugehen, dass unter den Deutschen nicht etwa ein Aufruhr angestiftet wurde. Wie jeden anderen Gottesdienst auch hatte Arthur diese Christvesper sowohl von der polnischen Behörde als auch von dem polnischen, katholischen Pfarrer genehmigen lassen müssen. Nach wie vor wurden jegliche Versammlungen der Deutschen misstrauisch beobachtet oder von vornherein verboten.

Arthur fungierte an diesem Heiligabend gleichzeitig als Lektor und als Dirigent. Er begrüßte die Gemeinde, las die Weihnachtsbotschaft und hielt die Predigt. Da zu diesem Zeitpunkt die meisten deutschen Geistlichen ausgewiesen worden waren, hatten die noch verbliebenen Lektoren mittlerweile alle Aufgaben des Pfarrers übernommen. Nach der Predigt stellte Arthur seinen Kinderchor vor dem Altar auf. Werner, der auf der Orgelempore über dem Eingang stand, setzte gleichzeitig mit dem Chor mit seiner Oberstimme ein. Klar und rein erfüllte seine helle Knabenstimme die Kirche. Andächtig lauschten die Gottesdienstbesucher und sogen die Worte der fünf Strophen ein:

Schönstes Kindlein, bestes Knäblein,
allerliebstes Jesulein,

sieh wir alle laden freundlich
dich in unsre Herzen ein.

Bleibe nicht im rauen Stalle,
weile nicht im kalten Wind,
da dir unsre warmen Arme
zum Empfange offen sind.

O wir kennen deine Würde;
bist du jetzt auch schwach und klein,
sagen wir doch voll Vertrauen:
Unser Retter wirst du sein.

O wir wissen, dass du einmal
Richter aller Welten bist;
aber sei uns jetzt als Kindlein,
sei im Elend uns gegrüßt!

Sieh, wir alle wollen gerne
eine Krippe für dich sein;
drum, o Jesu, schönstes Kindlein,
bestes Knäblein, kehre ein!

Als die letzten Töne verklungen waren, herrschte ergriffene Stille in der voll besetzten Kirche. Nach dem Gottesdienst kam eine ältere Frau zu Reinhard und lobte ihn gerührt: »Du hast ja so schön gesungen, dafür bekommst du zehn Złoty von mir. Und damit dein Bruder nicht traurig ist, soll er auch fünf Złoty bekommen.« Sie drückte ihm zwei Geldstücke in die Hand und wünschte ihm ein frohes Weihnachtsfest. Reinhard blickte schmunzelnd auf das Geld in seiner Hand. Er klärte die freundliche Dame nicht über die Verwechslung auf, denn das Geld würde er sowieso mit Werner teilen. Die Zwillinge besaßen ein schwarzes Holzkästchen, in welches sie jedes Geldstück legten, das sie bekamen. Ihr Geld wie auch alles andere, teilten sie stets.

Zuhause erwartete die Zwillinge eine Überraschung. Unter dem bescheiden geschmückten Tannenbäumchen lag eine Orange. Die Freude darüber war so groß, dass Werner und Reinhard sich noch heute daran erinnern. Tagelang schauten sie sich die Orange an und rochen immer wieder an ihrer Schale, bevor sie sie feierlich schälten und aufaßen. Die Schnitze teilten sie selbstverständlich wahrhaft brüderlich.

Reinhard und Werner werden konfirmiert

Das neue Jahr begann so unruhig, wie das alte geendet hatte. Die Ausweisungen der deutschen Schlesier durch die polnischen Behörden gingen nach wie vor weiter.

Arthur, Johanna und die Zwillinge fühlten sich immer mehr wie Fremde in der eigenen Heimat. Arthur und Johanna wussten, dass es nur noch eine Frage der Zeit war, bis auch sie die Aufforderung erhalten würden, ihre Heimat zu verlassen. Wann dieses Schicksal sie ereilen würde und was dann aus ihnen werden sollte, war eine beklemmende Ungewissheit, mit der sie nun schon seit Jahren leben mussten. Wie Arthur in sein Tagebuch schrieb, stand die drohende Ausweisung mittlerweile nicht nur täglich, sondern stündlich wie ein Gespenst über ihnen.

Seit die deutschen Schulen geschlossen worden waren, hatten Arthur und die anderen kirchlichen Mitarbeiter besonders großen Wert darauf gelegt, für ihre Kinder unter der Woche Bibelstunden und sonntags Kindergottesdienst abzuhalten. Das war ihnen im Sommer 1949 jedoch verboten worden. Allein der Konfirmandenunterricht war weiterhin erlaubt. Hierfür versammelten sich die Konfirmanden aus Altwasser und Waldenburg einmal in der Woche im Pfarrhaus neben der Stadtkirche in Waldenburg. Zwei langjährige kirchliche Mitarbeiterinnen erteilten den Unterricht, gelegentlich dabei unterstützt von Arthur und anderen Lektoren. Arthur schrieb später in sein Tagebuch: *Dieser Konfirmandenunterricht war die einzige Art Schule, die wir Deutschen noch besaßen, denn Volks- oder höhere Schulen wurden trotz der*

Versprechungen des polnischen Staates nicht eingerichtet. Das geschah erst im September 1950.

Auch Werner und Reinhard gehörten zu den Kindern, die seit 1949 in den Konfirmandenunterricht gingen. Sowohl die Konfirmanden als auch ihre Eltern freuten sich, am 2. April 1950 in der Kirche zu Waldenburg die Konfirmation feiern zu können. Aus dem ganzen Umkreis hatten sich die noch verbliebenen Deutschen zu diesem Festgottesdienst versammelt; sogar der einzige noch in Niederschlesien verbliebene deutsche Pastor Stöckel war extra angereist. Aus irgendwelchen unerklärlichen Gründen war er nicht wie die anderen Geistlichen vertrieben worden. Es schien, als habe man ihn während der Evakuierungen übersehen und schließlich ganz vergessen. Pastor Stöckel war in dem 70 Kilometer entfernten Liegnitz[9] beheimatet gewesen, doch inzwischen hatte er keinen festen Wohnsitz mehr und war in ganz Niederschlesien als reisender Pfarrer unterwegs. Viele dankbare Familien boten ihm Unterschlupf und waren froh über seinen seelischen Beistand.

Arthur war es gelungen, für den Konfirmationsgottesdienst noch einmal einen Chor zusammenzustellen. Wochenlang vorher hatten sie sich abwechselnd bei verschiedenen Familien zum Proben getroffen. Später schrieb er über den Konfirmationsgottesdienst in sein Tagebuch:

Am Palmsonntag konnten etwa 25 Kinder aus Altwasser, Waldenburg und Dittmannsdorf[10] *eingesegnet werden. Erfreulich war die rege Beteiligung der Gemeinden, die das große Gotteshaus in Waldenburg wohl bis zur Hälfte füllten. Bei dieser Feier sang neben dem Waldenburger Kirchenchor unter Leitung der Organistin Fräulein Schmidt auch der Chor aus Altwasser unter meiner Leitung die Motette: »Der Herr ist mein Hirte« und den Bachsatz »Meinen Jesum lass ich nicht«. Damals ahnte noch niemand, dass diese beiden Gesänge nicht nur den Konfirmanden galten, unter denen sich auch meine beiden Jungen befanden, sondern auch mir und meiner Frau als Abschiedslieder gelten sollten.*

Pfarrer Stöckel, der die Zwillinge von früheren Besuchen her kannte, hatte für sie als Konfirmationsspruch jeweils eine Bibelstelle herausgesucht, die auf jeden wie zugeschnitten war. Werner erhielt Psalm 92,2f: *Das ist ein köstlich Ding, dem Herrn danken und lobsingen deinem Namen, du Höchster, des Morgens deine Gnade und des Nachts deine Wahrheit verkündigen.* Reinhard bekam Worte aus dem Epheserbrief, Kapitel 5,19-21: *Singet und spielet dem Herrn in eurem Herzen und saget Dank allezeit für alles Gott, dem Vater, in dem Namen unseres Herrn Jesus Christus, und seid einander untertan in der Furcht Gottes.* Treffender hätte dieser Vers für ihn nicht sein können. Er fühlte sich persönlich angesprochen und sah darin einen Auftrag Gottes an ihn. Seit seinem zwölften Lebensjahr spielte er sonntags die Orgel und hatte schon oft seinen Vater vertreten, wenn dieser verhindert war. An jenem Palmsonntag verband Reinhard mit seinem Konfirmationsspruch einen Hilferuf und ein Versprechen: »Lieber Gott, wenn du uns aus dieser schweren Lage erlöst und wir wieder in Frieden leben dürfen, will ich für den Rest meines Lebens dir zu Ehren musizieren.«

Ein großes Fest, wie die Familie Seidel es noch zu Günters und Walters Konfirmation gefeiert hatte, war nun nicht mehr möglich. Alle Verwandten waren mittlerweile vertrieben worden, und auch an ein Festessen war nicht zu denken, weder Geld noch Mittel waren dafür vorhanden. Arthur und Johanna hatten jedoch ihre langjährigen Nachbarn, die Familien Amsel und Fiebig, eingeladen. Jeder steuerte etwas zum Mittagessen bei, und so konnten sich alle satt essen.

Hendrik, Malgorzata und Piotrek waren kurz vor der Konfirmation ausgezogen. Froh darüber, endlich wieder ihr eigenes Wohnzimmer benutzen zu können, verbrachte die Familie im Kreise ihrer Freunde einen gemütlichen Nachmittag mit Spielen und altvertrauten Liedern. Doch als die Gäste am Abend fort waren, meinte Johanna betrübt zu Arthur: »Nun sind Reinhard und Werner konfirmiert und werden bald 14 Jahre alt. Normalerweise wären sie dann mit der Volksschule fertig und würden eine weiterführende Schule besuchen oder eine Ausbildung beginnen. Doch das ist ja nicht möglich, wie soll es für unsere Jungen hier bloß weitergehen?« Diese Frage lastete schon seit langem schwer auf der Seele der Eltern. Ihre größte Sorge war, was aus ihren Jungen werden sollte. Ihre Heimat gehörte ihnen nicht mehr, sie waren als Deutsche gezeichnet und außerdem von der Außenwelt wie abgeschnitten. Für die Deutschen in Polen gab es nun schon jahrelang weder Zeitungen noch Radiosender. Sie hatten keinerlei Informationsquellen und erfuhren nichts darüber, was sich in der Welt abspielte.

Die Jugendzeit – Aufbruch und Neubeginn

Aufbruch ins Ungewisse

Die von Reinhard erbetene Erlösung kam schneller als erwartet. Drei Tage nach der Konfirmation wurde das Leben der Familie Seidel in neue Bahnen gelenkt, wie Arthur später in seinem Tagebuch berichtete: »Am Mittwoch, den 5. April, erhielten wir die Ausweisungsorder, der wir am 6. April Folge leisten mussten.« Sie hatten genau 24 Stunden Zeit, bis sie sich zur sogenannten »Rückführung nach Deutschland« am Bahnhof von Altwasser einzufinden hatten. Bis tief in die Nacht hinein verbrachten Arthur und Johanna die letzten Stunden in ihrer Heimat damit, ihre Abreise vorzubereiten. Da sie nie wussten, wann ihre Ausweisung erfolgen würde, hatten sie schon lange vorher vorsorglich einen Handwagen mit den wichtigsten Dingen vollgepackt. Ansonsten konnten sie nur so viel mitnehmen, wie sie tragen konnten. Nach einer schlaflosen Nacht machten sie sich an jenem Donnerstag schwerbepackt auf den Weg zum Bahnhof. Werner und Reinhard trugen jeweils eine Reisetasche und hatten beide eine Geige auf den Rücken geschnallt. Beim Anblick des langen Güterzuges am Bahnhof fing Werner an, bitterlich zu weinen. Schluchzend sagte er: »Ich will nicht weg von daheim, können wir nicht hierbleiben?« Arthur, dem das Herz ebenfalls unsäglich schwer war, sagte: »Bald können wir wieder als Deutsche leben und es wird uns besser gehen. Dann müssen wir keine Angst mehr haben, überfallen und ausgeraubt zu werden. Und die schwere Arbeit in der Kohlefabrik könnte ich auch nicht mehr viel länger machen.« Trotz seines eigenen Abschiedsschmerzes versuchte auch Reinhard, seinen Bruder zu trösten: »Wir bekommen ein neues Zuhause, und dann können wir wieder in die Schule gehen und finden neue Freunde.« Auf dem Bahnhof herrschte eine unbeschreibliche Stimmung. Alle dort versammelten Deutschen sahen unruhig ihrem ungewissen Schicksal entgegen. Sie trauerten um ihre verlorene Heimat, hofften aber nach Jahren der Unterdrückung und Angst gleichzeitig auf Erlösung von den schweren Tagen. Am späten Nachmittag stiegen Reinhard und Werner mit ihren Eltern in den Zug mit unbekanntem Ziel. Fast alles, was ihnen in ihrem Leben bisher vertraut gewesen war, mussten sie nun zurücklassen. Ihr Zuhause und ihre Habseligkeiten würden nun in die Hände fremder Menschen fallen. Als die polnischen

Wachsoldaten die Türen schlossen, war der Bahnsteig von unzähligen Gepäckstücken Vertriebener übersät, die im Zug keinen Platz mehr gefunden hatten. Auch diese würden nun neue Besitzer finden.

Die Sonne stand schon tief am Horizont, als der Zug sich langsam in Bewegung setzte. Arthur, Johanna, Werner und Reinhard hörten die altvertrauten Glocken ihrer Kirche läuten und wussten, dass sie auf ihrer Fahrt ins Ungewisse nicht allein sein würden. Ihre zurückgebliebenen Freunde und Nachbarn hatten sich nach dem tränenreichen Abschied am Bahnhof alle zur Kirche begeben, um sie im Gebet zu begleiten. Das Wissen um die Liebe und Fürbitte der Menschen, die ihnen seit Jahr und Tag nahestanden, gab ihnen Kraft und Trost. Während der abfahrende Zug der Dunkelheit entgegenrollte, standen Reinhard und Werner noch lange am offenen Fenster und schauten zurück. Die untergehende Sonne tauchte die ihnen so vertrauten Häuser mit ihren letzten Strahlen in goldenes Licht. Sprachlos vor Schmerz hefteten die beiden Brüder ihren Blick auf ihre geliebte Heimatstadt, bis sie nur noch als kleiner schwarzer Punkt zu sehen und schließlich ganz aus ihrem Blickfeld verschwunden war.

Der nächste Tag war Karfreitag. Früh am Morgen fuhr der Zug am Bahnhof von Breslau[11] ein. Verwundert sahen Reinhard und Werner aus dem Fenster. Sie wurden offensichtlich schon erwartet, doch besonders freundlich sahen die Männer am Bahnsteig nicht aus. In Militäruniform gekleidet und mit Gewehren bewaffnet blickten sie mürrisch auf den Zug und deuteten den aussteigenden Passagieren an, sich am Bahnsteig zu versammeln. Zu Fuß ging es weiter zu einem alten Schulhaus, das als Auffanglager für die Vertriebenen aus ganz Schlesien diente. In jedem Klassenzimmer waren 30 oder mehr Feldbetten aufgestellt. Alle Neuankömmlinge wurden erst einmal entlaust, egal ob sie Läuse hatten oder nicht. Auch Arthur, Johanna, Werner und Reinhard wurden von oben bis unten, von vorne und hinten mit weißem, kalkähnlichem Puder eingestäubt. In einem notdürftig eingerichteten Waschraum konnten sie den Puder zwar später wieder abwaschen, doch die Haut juckte danach noch stundenlang am ganzen Körper. Das Jucken wurde auch nicht besser, als sie am Abend schließlich erschöpft ins Bett fielen. Als Matratzen dienten alte Strohsäcke, aus denen das Ungeziefer herausgekrabbelt kam, sobald sie sich drauflegten. Es dauerte lange, bis sie endlich in einen unruhigen Schlaf fielen. Kurz darauf durchriss ein lauter Knall die nächtliche Stille und alle fuhren erschrocken wieder hoch. Wie sich herausstellte, war der polnische Wachsoldat im Flur eingeschlafen und vom Stuhl gefallen, dabei hatte sich ein Schuss aus seiner Pistole gelöst und war in den Fußboden eingeschlagen.

Wie Reinhard und Werner sich erinnern, wurden sie auch bei der Weiterfahrt von der polnischen Miliz wie Verbrecher auf Schritt und Tritt bewacht, bis sie die Grenzstadt Forst erreicht hatten. Über Halle ging die Fahrt weiter bis nach Heiligenstadt in Thüringen, wo für die Vertriebenen ebenfalls in einem alten Schulhaus ein Auffanglager eingerichtet worden war. Da das Gebäude völlig überfüllt war, musste alles Gepäck am Bahnhof zurückgelassen werden. Eine Tafel am Bahnsteig informierte über die Namen der Männer, die zur Bewachung des Gepäcks eingeteilt waren. Zu seinem Erstaunen fand Arthur seinen Namen nicht auf der Liste, stattdessen sollte ein Johann Seidel die Nachtwache halten. Ratlos sah er seine Frau an: »Das muss eine Verwechslung sein, die haben bestimmt aus Versehen aus dir einen Johann gemacht.« Werner und Reinhard begannen zu kichern, doch das Lachen verging ihnen, als Arthur den Ernst der Lage erklärte: »Auf keinen Fall kann eure Mutter die Nacht auf dem Bahnsteig verbringen, das wäre viel zu gefährlich für sie.« Er wollte weitersprechen, doch ein heftiger Hustenanfall hinderte ihn am Reden. Seit der ersten Nacht im Güterzug war er stark erkältet und litt nun an Bronchitis. Schließlich sagte er heiser zu Johanna: »Ich werde die Nachtwache am Bahnhof machen.« Johanna griff ihm an die Stirn: »Du hast ja Fieber, du kannst auch nicht die ganze Nacht in der Zugluft sitzen.« Da hatte

Werner eine Idee: »Reinhard und ich können doch Wache schieben. Wir sind alt genug und außerdem sind wir zu zweit. Uns wird schon nichts geschehen.« Reinhard stimmte seinem Bruder zu, und so kamen sie mit ihren Eltern überein, dass sie anstelle von Johann Seidel das Gepäck am Bahnhof bewachen würden. Die ganze Nacht harrten sie am Bahnsteig aus, bis sie im Morgengrauen abgelöst wurden.

Im Lager von Heiligenstadt musste die Familie dieselbe Entlausungs-Prozedur über sich ergehen lassen wie wenige Tage zuvor in Breslau, noch dazu mussten alle Lagerinsassen zum Impfen antreten. Als Werner das hörte, wurde ihm himmelangst zumute. Schon immer hatte er große Angst vor Spritzen gehabt. Als Johanna ihm gut zuredete, wurde er zornig und rief: »Mich bringen keine zehn Pferde zum Impfen, eher renne ich fort und verstecke mich.« Noch während Werner protestierte, hatte Reinhard eine Idee und zog seinen Bruder zur Seite: »Weißt du was? Ich lasse mich einfach zweimal impfen.« Werner sah ihn verständnislos an: »Wie soll mir das denn helfen?« Sein Bruder lächelte verschmitzt und erklärte ihm seinen Plan: »Wenn ich mit dem Impfen fertig bin, tauschen wir die Impfpässe und ich lasse mich mit deinem Impfpass noch mal impfen. Das merkt doch keiner, dass ich nicht du bin. Und du versteckst dich solange irgendwo im Lager, damit keiner entdeckt, dass es uns zweimal gibt.« Heilfroh und erleichtert war Werner sofort einverstanden. Also reihte Reinhard sich zweimal in die lange Schlange der zu impfenden Lagerinsassen ein, während Werner wie vom Erdboden verschluckt war. Auf diese Weise hatte Werner seinen Impfpass auf dem laufenden Stand, obwohl er nicht geimpft wurde. Einen Schaden hat keiner der beiden davongetragen.

Ein paar Tage später ging die Fahrt weiter nach Friedland, wo auf Anordnung der Briten bereits 1945 ein Auffanglager für Kriegsflüchtlinge, Vertriebene und entlassene Kriegsgefangene errichtet worden war. Während Arthur, Johanna und die Zwillinge dort tagelang in eiskalten Wellblechbaracken darauf harrten, was als nächstes kommen würde, hatten sie die Gelegenheit, Walter anzurufen. Noch am selben Abend fuhr Walter mit dem Nachtzug in Dortmund los und traf am nächsten Morgen in Friedland ein. Seine Eltern und Brüder durften das Lager nicht verlassen, doch im Rahmen der Familienzusammenführung erhielt Walter die Erlaubnis, sie einen Tag lang zu besuchen. Die Wiedersehensfreude war unbeschreiblich groß, als sie sich zum ersten Mal nach über vier Jahren wieder in die Arme fielen.

Doch noch war ihre Odyssee nicht zu Ende. Da die bis vor Kurzem noch britische Besatzungszone in Norddeutschland mit geflüchteten und vertriebenen Menschen bereits völlig überfüllt war, ging es wenige Tage später mit dem Zug gen Süden in die ehemals französische Zone nach Biberach. In dem Sammellager erhielten die Neuankömmlinge außer der üblichen Entlausung etwas Geld und durften in die Stadt gehen, um einzukaufen. Reinhard erinnert sich noch genau daran: »Zum ersten Mal seit Jahren haben wir uns wieder als freie Bürger gefühlt. Mit dem Taschengeld, das ich bekommen habe, habe ich mir eine Orange gekauft. Das war ein herrliches Gefühl. Es gab ja sonst nichts, auf das man sich freuen konnte. Man konnte nur hoffen.« Eine Woche später mussten sie noch einmal das Lager wechseln und kamen nach Balingen. Dort erfuhren sie endlich, dass sie in einem Dorf im Schwarzwald eine neue Bleibe finden würden. Am 6. Mai 1950, genau einen Monat nach ihrer Vertreibung aus Waldenburg, kamen sie in dem fremden kleinen Dorf an.

Der Neubeginn

Der fremden Familie wurde es nicht leicht gemacht, sich in ihrer neuen Heimat wohlzufühlen. Die Einheimischen des streng katholischen Dorfes dachten nicht daran, die Zugezogenen willkommen zu heißen. Die wenigsten waren bisher über die Dorfgrenzen hinausgekommen und hatten an den Fremden kein Interesse, die zu allem Übel auch noch evangelisch waren. Auf dem Dachboden des Rathauses am Rande des Dorfes wurden notdürftig zwei Zimmer für die Vertriebenen eingerichtet. Wieder einmal teilten sich die Brüder notgedrungen mit ihren Eltern das Schlafzimmer, denn das andere kleine Zimmer war Küche und Wohnzimmer in einem.[12]

Am Montag, dem 15. Mai, kamen Werner und Reinhard in die Volksschule des Dorfes. Für die acht Klassenstufen gab es insgesamt nur drei Klassenzimmer, sodass mehrere Jahrgänge zusammen unterrichtet wurden. Jeweils einen Raum teilten sich die Kinder der 1. bis 3. Klasse, die der 4. und 5. Klasse, und die der der 6. bis 8. Klasse.

Werner und Reinhard, die seit mehr als fünf Jahren keinen Schulunterricht mehr gehabt hatten, wurden zu den Kindern der vierten Klasse gesetzt, und so kam es für sie zu der recht unbehaglichen Situation, im Alter von 13 Jahren die Schulbank mit Neun- und Zehnjährigen zu drücken. Das Gespött ihrer Schulkameraden ließ nicht lange auf sich warten, noch dazu machten sie sich über ihre Sprache lustig. Einen anderen Dialekt als Schwäbisch kannten die Dorfkinder nicht, und auch Hochdeutsch war den meisten ein Fremdwort. Außerdem beäugten sie die Brüder in den ersten Tagen wie Exoten, denn eineiige Zwillinge hatten die wenigsten von ihnen bisher in ihrem Leben gesehen. Da sie Werner und

Reinhard lange nicht unterscheiden konnten, wurde es für sie zur Gepflogenheit, von den »Flichtlingsbuben« oder vom »Flichtling« zu reden, oft war es aber auch einfach »der eine Reinhard und der andere Reinhard« oder »der eine Werner und der andere Werner«. Der anfängliche Argwohn der Kinder legte sich jedoch schnell, und als Werner und Reinhard in die Fußballmannschaft der Schule aufgenommen wurden, konnten sie Kontakte zu Gleichaltrigen knüpfen. Auch in ihrer Freizeit durften sie mit den anderen Jungen aus dem Dorf Fußball spielen, was als Zeichen ihrer Akzeptanz galt. Schulleiter Hoffmann, der die 4. und 5. Klasse unterrichtete, erkannte von Anfang an, dass die Zwillinge fleißig und wissbegierig waren. Er lobte und förderte sie, wo er nur konnte. Während die anderen Kinder katholischen Religionsunterricht hatten, gab er den beiden zusätzliche Matheaufgaben und anderes Arbeitsmaterial. Bis zu den Sommerferien hatten Werner und Reinhard so viel Lernstoff nachgeholt, dass sie im neuen Schuljahr in die fünfte Klasse aufrücken konnten, ohne dabei die Schulbank wechseln zu müssen. Drei Monate später durften sie dann in das Klassenzimmer der Stufen 6 bis 8 umziehen, was den Vorteil hatte, dass sie zusätzlich zu dem Stoff der 6. Klasse schon manches aus der 7. und 8. Klasse mitmachen konnten. Vier Monate vor Schuljahresende rückten sie schließlich ganz in die 8. Klasse auf und schlossen die Schule wie die meisten ihrer Klassenkameraden im Alter von 14 Jahren ab. Werner und Reinhard hatten es somit geschafft, innerhalb von einem reichlichen Jahr die versäumten fünf Schuljahre nachzuholen. Ihre gleich aussehenden Abschluss-Zeugnisse enthielten beide den Vermerk: »Lernziel voll erreicht.« Doch noch Jahre später wurde ihnen von manchem Dorfbewohner gesagt, dass sie ja eigentlich nicht mit ihrem Jahrgang zur Schule gegangen waren.

Dankbar denken Reinhard und Werner noch heute an ihre beiden Lehrer: »Schulleiter Hoffmann und Herr Schäfer waren mit Leib und Seele Lehrer. Sie waren beide im Krieg gewesen und hatten deshalb ein ganz anderes Verständnis für uns Vertriebene als die meisten anderen Dorfbewohner. Sie haben uns nach Kräften unterstützt und uns von Anfang an dabei gefördert, schnell voranzukommen.«

Herr Hoffmann schätzte es sehr, dass die Zwillinge Geige und Klavier spielen konnten. Die wenigen anderen Kinder, die ein Instrument spielten, gehörten der örtlichen Blaskapelle an, hatten aber keine Beziehung zu klassischer Musik. Herr Hoffmann bat Werner und Reinhard, die Abschlussfeier musikalisch zu umrahmen. Die Schule besaß ein Harmonium, auf dem Reinhard nach Unterrichtsende üben konnte, und mit Werner an der Geige studierten die beiden ein Präludium von Heinrich Rinck ein. Bei der Abschlussfeier in der Turnhalle lauschten die versammelten Lehrer, Eltern und Schüler ergriffen den für ihre Ohren ungewohnten Klängen. Nachdem der Applaus verklungen war, sagte Herr Hoffmann anerkennend: »Es kommt selten vor, dass 14-jährige Zwillinge so schöne Musik machen.« Ein paar Tage später berichtete die lokale Zeitung von der Abschlussfeier. Über das Musizieren der Zwillinge war zu lesen: »Eingeleitet wurde der Abend mit einem Musikstück, das von den Flüchtlingsschülern Reinhard und Werner Seidel auf dem Harmonium und der Geige gut vorgetragen wurde.«

Reinhard isst Vogelfuttersuppe und Werner radelt über den Blumenteppich

Der katholische Dorfpfarrer hatte nach Kriegsende einen verwaisten Jungen aus Westfalen bei sich im Pfarrhaus aufgenommen, dessen Eltern bei einem Bombenangriff ums Leben gekommen waren. Lothar war im selben Alter wie Reinhard und Werner und wurde, wie auch die Zwillinge, allgemein von den Dorfbewohnern als »Flüchtlingsjunge« bezeichnet. An einem Samstag im Mai 1951 hatte der Pfarrer eine wichtige Nachricht für seinen Amtskollegen in dem sechs Kilometer entfernten

Nachbardorf und beauftragte Lothar, den Brief persönlich im Pfarrhaus abzugeben. Lothar wollte den langen Weg aber nicht allein laufen und bat Reinhard, mit ihm zu gehen. Reinhard kam seiner Bitte nach. Nachdem Lothar die Nachricht beim Pfarrer abgegeben hatte, wandten die beiden sich wieder zum Gehen. Gerade, als sie das Haus verlassen wollten, kam die Haushälterin des Pfarrers aus der Küche und sagte: »Nach dem langen Fußmarsch habt ihr doch sicher Hunger. Wartet kurz im Esszimmer, ich koche euch eine schöne Linsensuppe, damit ihr gestärkt den Heimweg antreten könnt.« Eine halbe Stunde später erschien die fürsorgliche Haushälterin mit zwei dampfenden Tellern, die bis an den Rand mit Suppe gefüllt waren. Sie ermunterte die beiden Jungen: »So, jetzt lasst es euch nur gut schmecken. Ich gehe derweil zurück in die Küche, unser Herr Pfarrer wünscht sich zum Mittagessen Maultaschen mit Kartoffelsalat.« Reinhard und Lothar, denen nach ihrem langen Marsch der Magen knurrte, nahmen eilig die Löffel zur Hand und begannen zu essen. Doch obwohl die Suppe recht flüssig war, blieb ihnen der erste Bissen beinahe im Hals stecken. Misstrauisch blickten sie auf ihre Suppenteller, und Lothar meinte stirnrunzelnd: »Die Suppe schmeckt aber seltsam, und irgendwie sehen die Linsen auch komisch aus.« Dann stutzte er: »Da schwimmen ja überall so kleine weiße Dinger drin, was das wohl ist?« Auch

Reinhard beäugte skeptisch die Suppe auf seinem Teller: »Ich kann keine einzige Linse entdecken, nur komische Körner und …« Er stockte. Schlagartig war ihm wieder eingefallen, wo er diese weißen Teilchen schon gesehen hatte. Daheim in Schlesien hatte seine Mutter kurz nach Kriegsende ein Stück Rauchfleisch aus der Mülltonne geholt, das ein Russe weggeschmissen hatte. Das Fleisch war von Maden übersät gewesen, doch die ganze Familie war so hungrig, dass Johanna es gründlich abgewaschen und der Graupensuppe beigefügt hatte. Reinhard erklärte Lothar: »Da schwimmen Maden in der Suppe.« Angewidert legte Lothar den Löffel beiseite und rief: »Iiih, ist das eklig!«

Die beiden überlegten, was sie machen sollten. Der Appetit war ihnen gründlich vergangen, doch sie wollten die Köchin nicht enttäuschen, schließlich hatte sie die Suppe extra für die beiden gekocht. Reinhard schlug vor: »Wir essen die Suppe trotzdem. Die Maden fischen wir raus und legen sie an den Tellerrand. Und die anderen Körner werden uns schon nicht schaden.« Mit viel Überwindung löffelten sie die Suppe. Sie waren noch nicht weit gekommen, als die Köchin hereinkam und erwartungsvoll fragte: »Na, schmeckt's euch, Kinder? Ihr könnt so viel essen wie ihr wollt, und wenn eure Teller leer sind, gibt es noch mehr.« Weder Lothar noch Reinhard trauten sich, der gutmütigen Köchin zu sagen, dass in der Linsensuppe statt Linsen lauter Maden und seltsame Körner waren, und löffelten tapfer weiter. Reinhard erinnert sich heute noch: »Wir haben sehr lange an der Suppe herumgelöffelt und dabei die Maden an den Tellerrand gelegt. Stillschweigend haben wir versucht, so viel wie möglich zu essen, aber alles haben wir nicht geschafft. Dann sind wir schnell weggelaufen, bevor die Haushälterin etwas gemerkt hat.« Noch am selben Tag klingelte beim Pfarrer in dem kleinen Dorf das Telefon. Völlig aufgeregt meldete sich die Haushälterin seines Amtskollegen aus dem Nachbardorf. Beim Abräumen der Suppenteller hatte sie die Maden entdeckt, die fein säuberlich an den Tellerrändern lagen. Aufgelöst erzählte sie dem Pfarrer: »Ich wollte den Jungen eine schöne Linsensuppe kochen, muss aber in die falsche Schublade gegriffen haben. In der oberen Schublade liegt der Beutel Linsen, und eine Schublade weiter unten bewahre ich einen Beutel Hanfsamen als Vogelfutter für die Finken des Herrn Pfarrers auf. Da habe ich wohl die falsche Schublade erwischt und aus Versehen eine Suppe aus dem Vogelfutter gekocht. Oh, wie ist mir das unangenehm!« Schmunzelnd beruhigte der Pfarrer die Haushälterin: »Lothar und Reinhard sind wohlbehalten wieder zu Hause angekommen und haben sich nicht über Ihre Suppe beklagt. Die Jungen werden es schon überleben.« Reinhard amüsiert sich noch heute: »Ich habe zwar Vogelfutter zu essen gekriegt, konnte aber deswegen nicht besser singen.«

Am 24. Mai 1951 war Fronleichnamstag, ein hoher Feiertag für die katholischen Gläubigen, für Werner jedoch ein ganz normaler Arbeitstag in der Molkerei, wo er sich etwas Geld verdiente. Wie üblich fuhr er früh morgens mit dem Fahrrad dorthin den Berg hinauf. Einige Dorfbewohner waren ebenfalls schon auf den Beinen und begannen gerade damit, die Straßen mit Blumen zu verzieren. Die Fronleichnamsprozession war jedes Jahr ein Höhepunkt in dem kleinen Dorf, das weit über die Dorfgrenzen hinaus für seine schönen Blumenteppiche bekannt war. Werner wusste, dass die katholischen Gläubigen später in einem Festzug durch die Straßen ziehen würden, angeführt von dem Pfarrer und seinen Ministranten. Als er am Vormittag nach getaner Arbeit aus der Molkerei trat, traute er jedoch seinen Augen kaum. Die lange, blumengeschmückte Hauptstraße war bis zum Rathaus hinunter zu beiden Seiten von Menschen gesäumt. Werner, der noch nichts gefrühstückt hatte, war hungrig und wollte so schnell wie möglich nach Hause. Während er noch überlegte, was er machen sollte, traten die Ministranten aus der Kirche, gefolgt vom Pfarrer in seinem festlichen Gewand. Schnell überlegte Werner: »Am Straßenrand ist kein Durchkommen, und wenn sich der Festzug erst einmal in Bewegung gesetzt hat, kann es

Stunden dauern, bis ich heimkomme.« Blitzschnell traf er eine Entscheidung. Er schwang sich auf sein Fahrrad und radelte los. Zum Entsetzen der katholischen Schaulustigen am Straßenrand fuhr er mitten über den Blumenteppich die ganze Hauptstraße hinunter. Noch lange danach machten die Dorfbewohner Werner wegen seines pietätlosen Verhaltens an jenem Fronleichnamstag Vorwürfe. Schmunzelnd erinnert er sich: »Auch Jahre später kam es vor, dass jemand mit dem Finger auf mich zeigte und sagte: »Du bisch doch der, der am Fronleichnamstag über den Blumateppich gfahre isch! Schämsch du dich eigentlich gar net?« Schämen tat Werner sich nicht, doch seitdem machte er respektvoll einen weiten Bogen um den mit Blumen schön geschmückten Asphalt.

Die Lehrzeit

Reinhard und Werner wären am liebsten noch auf ein Gymnasium gegangen, um einen höheren Schulabschluss zu erlangen und später studieren zu können. Doch das war ausgeschlossen für sie. Das kleine Dorf im Schwarzwald war weit abgelegen, und zur nächsten Stadt mit Gymnasium fuhren keine Busse. Gerne hätten sie auch ihre Liebe zur Musik zum Beruf gemacht, doch auch dafür gab es weit und breit keine Möglichkeit. So suchten sie nach einer Lehrstelle, doch auch das war schwierig, denn in der näheren Umgebung gab es nur wenige Betriebe. Reinhard bringt heute die damalige Situation auf den Punkt: »Wir saßen fest.«

Die meisten Schulabgänger im Dorf gingen wie schon ihre Eltern und auch Großeltern in die Landwirtschaft und blieben auf dem elterlichen Hof. Werner konnte sich zwar morgens und abends in der kleinen Dorf-Molkerei etwas Taschengeld verdienen, wenn die Bauern ihre Milch ablieferten, doch weder er noch Reinhard wussten, wie es für sie weitergehen sollte. Ihr Bruder Walter, der im Sommer 1950 zu ihnen gezogen war, hatte bereits kurze Zeit später zwei Dörfer weiter Arbeit in einem metallverarbeitenden Betrieb gefunden und sich als kaufmännischer Angestellter schnell hochgearbeitet. Er erzählte seinen Brüdern: »Unser Chef sucht ab September drei Lehrlinge als Werkzeugmechaniker. Arbeit gibt es genug, und vielleicht könntet ihr beide dort eure Ausbildung machen.« Werner und Reinhard hatten sofort Interesse und bewarben sich bei der Firma. Es dauerte nicht lange, bis sie beide Post erhielten. Doch im Gegensatz zu ihren Zeugnissen waren die beiden Briefe nicht identisch. Reinhard erhielt eine Zusage, Werner eine Absage. Werner erinnert sich: »Wir wollten die Lehre miteinander machen, und auch ich hätte gerne Werkzeugmacher gelernt. Warum Reinhard anfangen konnte und ich nicht, wissen wir bis heute nicht.«

Damit trennten sich zum ersten Mal in ihrem Leben die Wege von Reinhard und Werner. Im September 1951 begann Reinhard mit seiner Ausbildung zum Werkzeugmechaniker. Er erinnert sich: »Die Werkstatt, in der ich ausgebildet wurde, befand sich in einer alten Fliegerhalle, wo etwa 25 Mechaniker beschäftigt waren. Nach vier Wochen Probezeit erhielt ich meinen Lehrvertrag. Im ersten Lehrjahr betrug mein Nettogehalt 23 DM pro Monat. Für mich war es selbstverständlich, das Geld meinen Eltern zu geben, um sie zu unterstützen, denn unser Vater hatte zu dieser Zeit keinerlei Einkommen. Er konnte keine neue Arbeitsstelle mehr finden und sein Rentenantrag war noch nicht bewilligt. Um rechtzeitig um 7 Uhr morgens in der Werkstatt zu sein, musste ich um 6 Uhr mit dem Fahrrad daheim losfahren. Sommer wie Winter fuhr ich mit dem Fahrrad, da es keine Busverbindung dorthin gab. Bei Regen kam ich klatschnass an, im Winter musste ich das Fahrrad oft streckenweise tragen, weil in dem Schnee kein Durchkommen war, und mein Pausenbrot war gefroren, bis ich in der Werkstatt ankam.« Der Weg zur Berufsschule war noch weiter, auch diese Strecke von 15 Kilometern legte er einmal pro Woche mit dem Fahrrad zurück.

Während Werner noch nach einem Ausbildungsplatz suchte, arbeitete er außer in der Molkerei auch bei einem Bauern im Dorf. Als Lohn für seine Arbeit bekam er von der Bauersfrau täglich ein Mittagessen. Im Frühjahr 1952 teilte ihm das Arbeitsamt mit, dass der kleine Schreinerbetrieb in seinem Dorf einen Lehrling suchte und forderte ihn auf, sich dort vorzustellen. Nur widerstrebend kam Werner der Aufforderung nach, denn mit Holz zu arbeiten interessierte ihn wenig, aber er hatte keine andere Wahl, denn alle anderen Lehrstellen waren bereits besetzt. Schreinermeister Lehmann stellte ihn sofort ein. Werner wusste zu dem Zeitpunkt noch nicht, dass Herr Lehmann schon lange vergeblich einen Lehrling gesucht hatte. Er wusste auch nicht, dass der Schreiner nach dem Krieg aus seinem Heimatort regelrecht hatte fliehen müssen. Jähzornig und unberechenbar hatte er seine Untergebenen so schlecht behandelt, dass er von allen geächtet schließlich dort seinen Betrieb hatte aufgeben müssen. Außer seinem Gesellen Josef war keiner seiner Angestellten mit ihm gegangen. Da ihm sein schlechter Ruf vorausgeeilt war, wollte auch in dem kleinen Dorf niemand für ihn arbeiten. Zu Beginn seiner Lehrzeit ahnte Werner auch noch nicht, dass ihm der Schreinermeister im wahrsten Sinne des Wortes eine gehörige Lehre erteilen würde, die er für den Rest seines Lebens nicht mehr vergessen sollte. Er erinnert sich: »Drei harte Lehrjahre begannen für mich. Mein Lehrmeister war zwar fachlich sehr kompetent, doch menschlich mangelte es ihm in jeder Hinsicht. Er war hart und unbarmherzig und nicht selten schmierte er mir eine, wenn ihm etwas nicht passte oder ich einen Fehler machte. Manchmal gab er mir sogar prophylaktisch eine Ohrfeige, noch bevor ich überhaupt mit der Arbeit angefangen hatte. Es war eine harte Lehre mit vielen Tränen, doch es gab ja nichts anderes, und so musste ich es aushalten. Zum Glück war Josef noch da, mit dem ich mich gut verstand. Er half mir so manches Mal und sprach mir Mut zu, wenn ich am Verzweifeln war. Doch ich weiß nicht, was ich gemacht hätte, wenn ich nicht so ein liebevolles Zuhause gehabt hätte. Dort wurde ich aufgefangen und gestärkt.«

Oft kam Werner abends heulend nach Hause. Johanna tröstete ihn. Dabei wurde ihr selbst das Herz schwer, denn sie fühlte seinen Schmerz wie ihren eigenen. Weder sie noch Arthur hatten ihre Söhne jemals beschimpft oder gar geschlagen. Die Harmonie in seinem Elternhaus gab Werner die Kraft, auch diese schweren Jahre durchzuhalten. Jeden Abend, wenn die Zwillinge wieder zusammen waren, holten sie ihre Geigen hervor und musizierten oft bis in die späten Abendstunden hinein.

Werner zu Gast bei Nonnen

Als Werner im dritten Lehrjahr war, bekam die Schreinerei eines Tages Besuch von Schwester Benedikta. Schwester Benedikta wohnte zusammen mit zwei anderen Ordensschwestern in einem Haus der katholischen Pfarrgemeinde, allgemein bekannt als das »Schwesternhaus«. Die drei Nonnen waren im Dorf sehr beliebt. Jede von ihnen hatte eine andere Aufgabe: Schwester Maria pflegte die Alten und Kranken, Schwester Sophia leitete den katholischen Kindergarten und Schwester Benedikta kümmerte sich um Haus und Hof. Außerdem restaurierte sie alte Möbel und nahm auch so manche Reparatur im Haus selber vor. Werner hatte Schwester Benedikta schon oft gesehen, kannte sie aber nicht persönlich.

Nachdem die Ordensschwester die Werkstatt betreten hatte, brachte sie dem Schreinermeister ohne Umschweife ihr Anliegen vor: »Meister Lehmann, wir brauchen dringend jemand, der unsere alten Holzdielen im Flur repariert. Gestern Abend ist die arme Schwester Maria eingebrochen, als sie auf eine morsche Diele getreten ist.« Schreinermeister Lehmann antwortete: »Des isch koi Problem, i komm morga früh glei bei Ihne vorbei und seh mir die Sach ah.« Damit war für ihn die Angelegenheit erst einmal erledigt, und er wandte sich wieder seiner Arbeit zu. Doch Schwester Benedikta machte keine Anstalten, wieder zu gehen. Stattdessen sagte sie schlicht und einfach: »Das geht nicht.« Werner, der gerade ein Brett glatt hobelte, konnte sich ein Grinsen nicht verkneifen. Erstaunt drehte Schreinermeister Lehmann sich zu der Nonne um und fragte leicht gereizt: »Was soll des heißa, des goht net?« Schwester Benedikta lächelte mild und erklärte in ruhigem Ton: »Männer haben bei uns im Schwesternhaus keinen Zutritt.« Herr Lehmann stieg die Zornesröte ins Gesicht und Werner merkte, dass sein Chef sich sehr beherrschen musste, als er fragte: »Ja wie stellet Se sich des dann vor, wellet Se Ihren Fußboda doher traga? Warum kommet Se dann überhaupt zu mir?« Schwester Benedikta sah den aufgebrachten Schreinermeister an, als stünde ein trotziger kleiner Junge vor ihr. Mit Blick auf Werner sagte sie: »Ihr

Lehrling könnte schon zu uns kommen.« Verständnislos starrte Herr Lehmann die Ordensschwester an: »Was soll jetzt des scho wieder, mei Lehrling kann zu Ihne komma, aber ich als der Meischter net? Ha wo semmer denn do?« Geduldig lächelnd gab Schwester Benedikta zur Antwort: »Katholischen Männern ist der Zutritt ins Schwesternhaus streng verboten. Der Flüchtlingsjunge ist jedoch protestantisch, der darf rein!« Beinahe spitzbübisch fügte sie hinzu: »Außerdem hat unser Herr Pfarrer nur Gutes über ihn und seine Familie zu sagen.« Herr Lehmann stand offensichtlich kurz vor einem Wutausbruch. Während er versuchte, seine Fassung zu bewahren, wischte er sich die Schweißperlen von der Stirn. Er überlegte kurz, dann zischte er: »Werner, morga früh gehsch du glei do nuff und repariersch den Fußboda.« Ohne die Ordensschwester auch nur noch eines Blickes zu würdigen, stampfte er laut schimpfend in sein Büro und knallte die Tür hinter sich zu. Werner musste sich bemühen, nicht laut loszulachen und sagte grinsend zu Schwester Benedikta: »Ich bin gleich morgen früh um 8 Uhr bei Ihnen.« Mit einem Augenzwinkern verabschiedete sich die Schwester von Werner: »Du bist ein guter Junge, vergelt's Gott.«

Pünktlich um 8 Uhr klopfte Werner am nächsten Morgen an der Tür des Schwesternhauses. Schwester

Benedikta zeigte ihm die morschen Bodendielen im Flur. Viele Bretter waren so kaputt, dass Werner mehrere Tage lang damit beschäftigt war, den Fußboden wieder instand zu setzen. Die Nonne freute sich sehr über den fleißigen jungen Protestanten, der als erster Mann das Schwesternhaus betreten durfte. Wie eine Mutter umsorgte sie Werner und verwöhnte ihn jeden Mittag mit einem leckeren, warmen Essen. Als er mit der Arbeit fertig war und sich am letzten Tag von ihr verabschiedete, tätschelte sie ihm den Kopf und meinte: »Gehe in Frieden, und wenn du es gar nicht mehr aushältst bei deinem Lehrmeister, finden wir schon etwas in unserem Haus, das du reparieren kannst. Sei Gott befohlen.«

Zwei Brüder, ein Käfer und die Musik

Nach Ende der Lehrzeit fand Werner eine neue Anstellung in der Schreinereiabteilung eines Möbelbetriebs, Reinhard wurde von seinem Ausbildungsbetrieb übernommen. Nun arbeiteten sie in derselben Stadt und hatten beide das Ziel, sich gemeinsam ein Auto zu kaufen. Als sie im Frühjahr 1958 mit 21 Jahren den Führerschein machten, hatten sie genug Geld für einen gebrauchten VW-Käfer gespart.

Sie erinnern sich noch gut an ihr erstes Auto: »Der Käfer war Baujahr 1951 und hatte 100 000 km drauf. Er war grau mit ovalem Fenster hinten. Das Getriebe war noch nicht synchronisiert, sodass man beim Schalten der Gänge mit viel Gefühl Zwischengas geben musste. Um das Lenkrad zu drehen, brauchte man viel Kraft, da das Auto natürlich noch keine Servolenkung hatte.« Doch das tat ihrer Freude keinen Abbruch, und wenn sie nicht gemeinsam fuhren, teilten sie sich das Auto brüderlich.

An den Wochenenden unternahmen sie öfter Ausflugsfahrten mit ihren Eltern, und einmal in der Woche fuhren sie mit ihrem Käfer nach Freiburg zum Geigenunterricht. Ihre Lehrerin, Geigerin im Philharmonischen Orchester, war schon bald so begeistert von dem spielerischen Können der Zwillinge, dass sie ihnen nahelegte, dem Konzertmeister der Philharmonie vorzuspielen.

Die Aufnahmeprüfung fand im Wohnzimmer der Geigenlehrerin statt. Auch der Konzertmeister sowie drei weitere Orchestermitglieder waren anwesend. Reinhard spielte das Violinkonzert C-Dur von Joseph Haydn sowie Auszüge aus dem 1. Violinkonzert in g-Moll von Max Bruch, Werner das Violinkonzert in e-Moll von Pietro Nardini. Monatelang vorher hatten die Zwillinge diese Stücke einstudiert und im Geigenunterricht mit ihrer Lehrerin geübt. Anschließend legte der Konzertmeister ihnen eine Bach-Sonate für Solo-Violine vor, die sie zusammen ungeübt vom Blatt spielen sollten. Während

Werner und Reinhard die Sonate fehlerfrei und wie mit einer Geige spielten, lauschte der Konzertmeister entzückt mit geschlossenen Augen. Als die letzten Töne verklungen waren, herrschte im Wohnzimmer der Geigenlehrerin zunächst andächtige Stille. Dann nickte der Konzertmeister angetan mit dem Kopf, und nach kurzer Beratschlagung mit seinen Kollegen sagte er wohlwollend: »Vielen Dank, meine Herren. Was Sie uns soeben dargeboten haben, war von höchster Brillanz. Ich kann Ihnen gleich zusagen, dass Sie beide ins Orchester aufgenommen werden. Sie können bald mit erfreulicher Post rechnen.«

Wenige Tage später kam der versprochene Brief aus Freiburg. Reinhard und Werner wurde beiden wie versprochen eine Stelle als Geiger im Philharmonischen Orchester angeboten. Somit stand ihnen die Tür zur Karriere als Berufsmusiker weit offen. Die Aussicht darauf war verlockend, besonders auch, dass sie von nun an beruflich denselben Weg gehen könnten. Doch die Zwillinge zögerten. Sie überlegten gemeinsam und beratschlagten sich mit ihren Eltern und kamen schließlich zu dem Entschluss, das Angebot abzulehnen. Die Entscheidung fiel ihnen nicht leicht, doch die Vernunft siegte, wie Reinhard erklärt: »Das Orchestersterben hatte damals schon begonnen, und das Einkommen wäre so miserabel gewesen, dass es wirtschaftlich für uns schwierig geworden wäre. Spaß hätte es uns schon gemacht, Berufsmusiker zu werden, doch wir entschieden uns, weiterhin unseren gelernten Handwerksberufen nachzugehen und die Musik beim Hobby zu belassen.«

Ausgerechnet beim gemeinsamen Musizieren kam es bei den beiden Brüdern immer wieder zu Meinungsverschiedenheiten. Reinhard erinnert sich: »Beim Musizieren hatten wir oft total unterschiedliche Ansichten. Wir waren uns nicht einig, in welchem Tempo ein Stück zu spielen war oder mit welcher Dynamik und Betonung. Einer von uns gab dann irgendwann nach, was aber auch nicht immer für gute Stimmung sorgte.« Doch das hinderte die Brüder nicht daran, gemeinsam zu musizieren. Kurze Zeit nach ihrem Entschluss, die Musik beim Hobby zu belassen, gründeten die Zwillinge mit zwei befreundeten

Bratschisten und einem Cellisten in einer etwas weiter entfernten Stadt ein Streichensemble namens *Collegium Musicum*. Unter der Leitung eines Kirchenmusikers wuchs das Ensemble schnell zu einem ansehnlichen Orchester für Hobbymusiker heran und führte schon bald die ersten Konzerte auf. Nach einem dieser Konzerte kam eine Zuhörerin auf Reinhard und Werner zu, um ihre Begeisterung über die soeben aufgeführten Werke auszudrücken. Neben ihr stand ihr zehnjähriger Sohn, der nicht ganz so begeistert wie seine Mutter aussah. Doch irgendetwas schien ihn zu faszinieren, denn er blickte unverwandt von einem Zwilling zum anderen. Plötzlich schien ihm eine Erleuchtung gekommen zu sein, und er platzte heraus: »Die zwei haben ja die ganz gleichen Mäuler!« Seinem Ausruf folgte ein betretener Moment des Schweigens, in dem seine Mutter vor Scham am liebsten im Erdboden versunken wäre. Doch gleich darauf lachten Werner und Reinhard herzlich über die Beobachtungsgabe und Offenheit des Jungen. Sehr erleichtert stimmte auch seine Mutter schließlich in das Lachen mit ein.

Reinhard und Ulrike

Walter, der eine Frau aus dem Dorf geheiratet und mittlerweile vier Kinder hatte, fühlte sich dort wohl und ließ sich mit seiner Familie häuslich nieder. Werner und Reinhard hingegen zogen mit ihren Eltern am 1. März 1959 weiter in ein nahegelegenes Städtchen. Sie waren heilfroh, das kleine Dorf zu verlassen, in dem sie neun Jahre lang gelebt hatten. Reinhard, der in dem Städtchen eine gute neue Arbeitsstelle gefunden hatte, drückt es rückblickend so aus: »Dieser Umzug war wie eine Erlösung für uns. Die Wohnungsverhältnisse in dem Dorf waren für uns nicht schön. Das Schlafzimmer unter dem Rathausdach war nicht beheizbar und wurde im Winter so kalt, dass die Bettlaken an den Wänden anfroren. Doch nun hatten wir endlich wieder eine geräumige, schöne Wohnung mit Heizkörpern in allen Zimmern. Durch die Musik fanden wir schnell Anschluss an die evangelische Kirchengemeinde, wir sangen im Kirchenchor und unser Vater spielte oft die Orgel.«

Im Frühling 1961 trat eine junge Sängerin dem Chor bei. Sie hieß Ulrike, war vor Kurzem aus Norddeutschland zugezogen und arbeitete in demselben Unternehmen wie Reinhard. Die beiden lernten sich bald näher kennen und verstanden sich auf Anhieb, denn auch Ulrike stammte ursprünglich aus Schlesien und sprach kein Wort schwäbisch. Ein Chormitglied machte sich später einen Reim auf die Begegnung von Ulrike und Reinhard: »Sie lernten sich kennen im Kirchenchor, Ulrike sang Alt und Reinhard Tenor.«

Zwei Jahre später, am 11. Oktober 1963, läuteten die Hochzeitsglocken für die beiden. Die Hochzeit wurde in Ulrikes Heimatstadt Bassum gefeiert, wo sie bereits 1946 mit ihren Eltern und ihren beiden Brüdern nach der Vertreibung aus Schlesien gelandet war. Zu der Feier kamen Arthur, Johanna, Walter mit Familie und Werner angereist, und auch Onkel Fritz aus Leer mit Familie fand sich ein. Doch Werner war nicht nach Feiern zumute. Schweren Herzens saß er in der Kirche und hörte mit an, wie Reinhard seiner Braut das Jawort gab. Als die Glocken der Stiftskirche St. Mauritius und St. Viktor beim Auszug des frischvermählten Paares läuteten und die Orgel tosend spielte, sah Werner mit feuchten Augen zu, wie sein Zwillingsbruder Arm in Arm mit seiner strahlenden Braut aus der Kirche zog. Doch seine Tränen waren keine Freudentränen. Werner erinnert sich: »Die Hochzeit meines Bruders war kein schönes Fest für mich. Unser Leben lang hatten wir fast alles zusammen gemacht, alles geteilt und alles miteinander besprochen. Das war mit dem Tag der Hochzeit vorbei. Es tat mir in der Seele weh, dass sich unsere Wege nun endgültig trennten.«

Schon bald nach der Hochzeit bauten die Zwillinge in derselben Straße ihre eigenen Häuser, tatkräftig unterstützt von ihrem Bruder Walter. Im Sommer 1964 konnten Reinhard und Ulrike mit ihrem neugeborenen Söhnchen Thomas in ihr neues Heim einziehen.

Werner richtete in seinem Haus eine gemütliche Wohnung für Arthur und Johanna ein und lebte somit wie gehabt mit seinen Eltern unter einem Dach. Kurze Zeit später gesellte sich auch Tante Gretel zu ihnen. Nach ihrer Vertreibung aus Schlesien im Jahr 1946 hatte sie in Lauchhammer in der Niederlausitz gelebt, durfte aber erst mit Eintritt in den Ruhestand aus der DDR ausreisen, um zu ihren Verwandten zu ziehen. Die Wiedersehensfreude war groß, als sie sich nach 18 Jahren endlich wieder in die Arme schließen konnten.

Als Werner Ende zwanzig war und immer noch keine Anstalten machte zu heiraten, kündigten Reinhard und

Ulrike an, ihm zu seinem 30. Geburtstag einen Dackel zu schenken, sollte er bis dahin noch keine Frau gefunden haben. Werner war von der Idee nicht sehr begeistert, denn mit Hunden konnte er nicht viel anfangen. Doch der Geburtstag rückte immer näher, ohne dass eine Braut für Werner in Aussicht war. Der 3. September 1966 war ein Samstag. Als er an jenem Morgen aufwachte, fuhr er erschrocken hoch und dachte: »Was soll ich mit einem Dackel? Ich kann mit den Viechern nichts anfangen, außerdem bin ich die meiste Zeit nicht zu Hause, und die Arbeit bliebe an Muttel und Vatel hängen. So eine blöde Idee.« Werner war sicher, noch am selben Tag Hundebesitzer zu werden und sah sich im Geiste schon mit seinem Dackel spazieren gehen.

Am Nachmittag klingelte es an seiner Haustür. Als Werner öffnete, standen Ulrike, Reinhard und der zweijährige Thomas freudestrahlend vor ihm. Sie streckten ihm einen Korb entgegen, der mit einer Wolldecke zugedeckt war, und riefen: »Herzlichen Glückwunsch zum Geburtstag!« Widerstrebend nahm Werner den Korb entgegen und versuchte, gute Miene zum für ihn bösen Spiel zu machen. Während Thomas aufgeregt auf und ab hüpfte, sahen Reinhard und Ulrike grinsend dabei zu, wie Werner zaghaft die Decke vom Korb zog und dann mit säuerlicher Miene vorsichtig hineinschaute.

Er erblickte ein braunes Etwas mit roter Schleife um den Hals, das ihn aus zwei treuherzigen Augen anschaute. Als Werner erkannte, was dort im Korb lag, schaute er so verblüfft, dass Ulrike und Reinhard in schallendes Gelächter ausbrachen. Die Überraschung war ihnen gründlich gelungen. In dem Korb war kein echter Hund, sondern ein Hundekuchen. Ulrike hatte den ganzen Vormittag damit zugebracht, in mühevoller Kleinarbeit einen schönen, lebensgroßen Dackel zu backen. Den Körper, die kurzen Beinchen, den Schwanz und die Schlappohren hatte sie aus Hefeteig geformt, den Kopf mit Rosinenaugen versehen, und dann das ganze Tier mit Eigelb bestrichen und knusprig braun gebacken. Werner, dem ein großer Stein vom Herzen gefallen war, stimmte herzlich in das allgemeine Gelächter mit ein. Zusammen mit Johanna, Arthur und Tante Gretel ließen sie sich den Dackel zum Kaffee schmecken und feierten ein richtig schönes Geburtstagsfest. Bis Werner die Frau seines Lebens finden würde, sollten jedoch noch sechs Jahre vergehen.

Das Haus von Reinhard und Ulrike füllte sich unterdessen mit weiterem Leben. Als Thomas knapp vier Jahre alt war, wurde ich geboren, sein kleines Schwesterchen Elke. Zwei Jahre später gesellte sich noch Brüderchen Markus zu unserer Geschwisterschar.

Bei mir sind Sie richtig!

Die Wege der Zwillinge hatten sich seit Reinhards Hochzeit weitgehend getrennt, doch Anfang der 70er-Jahre kreuzten sie sich auf ungeahnte Weise wieder. Eines Abends bekamen Reinhard und Werner unerwarteten Besuch von Herrn Maier, technischer Lehrer an einer Berufsfachschule. Sie kannten sich schon viele Jahre durch die Kirchenarbeit, doch diesmal kam Herr Maier, weil die Schulleitung händeringend zwei Lehrer suchte. Einen für den Fachzweig Metall, einen anderen für den im Aufbau befindlichen neuen Fachbereich Holz. Herr Maier wusste, dass Werner und Reinhard nach ihrer Ausbildung beide nebenberuflich in einer Abendschule Meisterkurse besucht und schließlich vor der Handwerkskammer in Reutlingen erfolgreich die Meisterprüfung abgelegt hatten; Reinhard im Mechaniker-Handwerk und Werner im Schreiner-Handwerk. Da die Kurse auch Pädagogik beinhaltet hatten, würden die Meistertitel ihnen erlauben, als Lehrer an der Berufsfachschule zu arbeiten. Nachdem Herr Maier sein Anliegen vorgebracht hatte, zögerten die Zwillinge nicht lange und stellten sich beim Schuldirektor vor, der sie kurzerhand einstellte. Ohne dies jemals beabsichtigt zu haben, wurden sie somit beide technische Lehrer. Das hatte zur Folge, dass sie nun noch öfters verwechselt wurden, wobei es zu vielen spaßigen Szenen kam, denn sowohl in der Schule als auch in der Freizeit begegneten ihnen Schüler, die sie nicht auseinanderhalten konnten. Eine Verwechslung auf ganz andere Art und Weise bahnte sich jedoch nach den Sommerferien 1972 an, als die erste Orchesterprobe nach der langen Sommerpause wieder stattfinden sollte. An jenem Donnerstagabend hatte Reinhard einen anderen Termin, und Werner fuhr ohne seinen Bruder zur Probe. Als er mit dem Geigenkasten in der Hand zu dem noch verschlossenen Proberaum kam, stand dort bereits eine junge Dame mit braungelocktem Haar. Sie hatte eine Umhängetasche über der Schulter und hielt einen Notenständer in der Hand. Werner hatte sie noch nie gesehen. Mit Blick auf Werners Geigenkasten fragte sie etwas unsicher: »Bin ich hier richtig? Ich spiele Querflöte und möchte gerne an der Orchesterprobe teilnehmen.« Werner war von der schüchternen jungen Dame sofort angetan. Hocherfreut antwortete er schwungvoll: »Ja, bei mir sind Sie richtig!« Wie sehr er mit seinen Worten noch recht behalten sollte, ahnten an jenem lauen Abend jedoch weder er noch die junge Flötistin. Während die beiden auf den Dirigenten warteten, stellte sich die Flötistin vor: »Ich heiße Gertrud und komme aus Hannover. Ich bin ganz neu in der Stadt, da ich zum Schuljahresbeginn eine Stelle als Grundschullehrerin hier angetreten habe. Als ich einer Kollegin sagte, dass ich gerne Flöte spiele und Anschluss an eine Musikgruppe suche, erzählte sie mir von Ihrem Orchester.« Nacheinander trafen der Dirigent und die anderen Orchestermitglieder ein, womit das Gespräch fürs erste endete. Gerne hätte Werner mehr von der jungen Flötistin erfahren, und auch Gertrud fand den freundlichen Mann mit seiner Geige auf Anhieb sympathisch. Bevor die beiden sich jedoch näher kennenlernten, vergingen einige Wochen. An jenem Abend wusste Gertrud natürlich noch nicht, dass Werner einen Zwillingsbruder hatte, der ihm zum Verwechseln ähnlich sah, und dass die beiden normalerweise nebeneinander die erste Geige spielten und sich das Pult teilten. Wenn Reinhard nicht da war, übernahm Werner den Posten des Konzertmeisters. So auch an jenem Donnerstagabend. In der darauffolgenden Woche konnte Werner nicht zur Probe kommen, stattdessen war aber Reinhard wieder da. Er setzte sich wie üblich auf seinen Platz rechts außen in der ersten Geige. Gertrud begrüßte ihn erfreut, doch zu ihrer großen Verwunderung schien der nette Geiger von letzter Woche sich überhaupt nicht mehr an sie zu erinnern. Er grüßte zwar höflich zurück, benahm sich aber ansonsten so, als habe er sie noch nie gesehen. Wie der Zufall es wollte, war Reinhard in der nächsten Probe wieder verhindert, Werner hingegen kam. Kaum hatte er Gertrud entdeckt, begrüßte er sie freudestrahlend und plauderte munter mit ihr. Gertrud konnte sich keinen Reim darauf machen und dachte: »Merkwürdig, letzte Woche hat er so getan, als kenne er mich nicht, und heute scheint er davon nichts mehr zu wissen.« Als »Werner« sie bei der nächsten Probe wieder nicht zu kennen schien, zweifelte sie langsam an seinem Verstand. Reinhard hingegen wusste nicht, dass Werner sich mit der neuen Mitspielerin bereits bekannt gemacht hatte. Vier Wochen nach der ersten Probe erschienen dann endlich beide zusammen zur Probe. Schmunzelnd erinnert sich Gertrud: »Mit einem Schlag wurde mir klar, warum Werner mich abwechselnd in der einen Woche kannte und in der nächsten schon nichts mehr von mir zu wissen schien. Sein Verhalten war mir ein großes Rätsel, doch auf die Idee, dass es zwei von seiner Sorte gab, kam ich nicht.« Drei Jahre später heirateten Gertrud und Werner in Hannover; nun hatte auch Werner eine Frau aus Norddeutschland.

Kurz nach der Hochzeit führte Werner seine frischgebackene Frau in ein kleines Restaurant eines Weinhändlers. Nachdem sie eine Kleinigkeit gegessen hatten, kauften sie noch ein paar Flaschen Wein. Reinhard hatte an jenem Tag genau dieselbe Idee. Eine Stunde, nachdem Werner und Gertrud das Lokal verlassen hatten, betraten Ulrike und Reinhard nichts ahnend das kleine Lokal. Als die Frau des Weinhändlers Reinhard und Ulrike am Tisch sitzen sah, stutzte sie. Sie war der festen Überzeugung, dass derselbe Mann gekommen war, aber nun eine andere Frau mitgebracht hatte. Während sie das Essen servierte, musterte sie Reinhard misstrauisch. Sie sagte nichts, war aber offensichtlich aufgebracht. Als ihr Mann aus dem Weinkeller kam, hielt sie es nicht länger aus, und es platzte aus ihr heraus: »Heiligs Blechle, jetzt kommt der Ma scho wieder, und diesmol au no mit ner andren Frau!« Reinhard und Ulrike, die die lautstarke Mitteilung der Wirtsfrau gehört hatten, amüsierten sich köstlich. Ihnen war klar, dass die Zwillingsbrüder wieder einmal verwechselt wurden. Doch das behielten sie für sich, und so wundert sich die Wirtin vielleicht noch heute über den Mann mit den zwei Frauen.

Im Oktober 1975 gesellte sich Söhnchen Christoph zu Gertrud und Werner, somit hatte auch Werner nun seine eigene kleine Familie.

Abschiede

Werner ging in seinem Beruf als Lehrer in der Berufsschule voll auf, Reinhard hingegen fühlte sich etwas fehl am Platz. Er musste überwiegend KFZ-Schüler unterrichten, arbeitete aber viel lieber in der Feinmechanik. Als sein ehemaliger Abteilungsleiter eines Tages mit dem Angebot auf ihn zukam, als Konstrukteur für feinwerktechnische Entwicklung in die Firma zurückzukommen, sagte Reinhard deshalb gerne zu. Auf die für ihn schöne Arbeit, junge Menschen auszubilden, musste er nicht verzichten, denn mit seiner Wiedereinstellung wurde er auch zum Ausbilder der technischen Zeichner im Betrieb. Somit trennten sich die beruflichen Wege der Zwillinge nach einigen Jahren wieder.

Doch ohne es miteinander abgesprochen zu haben, fingen Reinhard und Werner gegen Ende der 70er-Jahre beinahe zeitgleich mit dem Bau von Holz-Instrumenten an. Werner bastelte sich aus einem Bausatz ein eigenes Cembalo, Reinhard baute in seiner Werkstatt eine Geige. Zahlreiche weitere Saiteninstrumente kamen im Laufe der Jahre hinzu.

Während ihre Kinder größer wurden, brach für die Zwillinge eine abschiedsvolle Zeit an. Im Oktober 1976 verstarb Tante Gretel im Alter von 80 Jahren. Vier Jahre später, am 9. Juli 1980, ging Arthur mit ebenfalls 80 Jahren in die ewige Heimat ein. Sein letzter Wunsch, seine geliebte Frau möge vor ihm sterben, um nicht ohne ihn zurückbleiben zu müssen, war ihm nicht erfüllt worden. Wie Arthur es geahnt hatte, starb mit seinem Tod auch der Kern ihres Lebens ab. Johanna sehnte sich danach, ihm sobald wie möglich zu folgen. Knapp zwei Jahre später wurde ihr Wunsch erfüllt. Am 10. März 1982, zwei Monate vor ihrem 82. Geburtstag, schlief sie im Beisein von Reinhard friedlich ein.[13]

Im März 1991 mussten Reinhard und Werner sich dann auch von ihrem Bruder Walter verabschieden. Er starb im Alter von 60 Jahren an den Folgen der Krankheit ALS. Mit fortschreitender Krankheit konnte Walter nicht mehr laufen, auch das Sprechen und Schlucken fiel ihm schwer. Doch er klagte nicht, sondern ertrug tapfer das Unabänderliche. Als Reinhard ihn einmal besuchte, sagte Walter leise zu ihm: »Gott macht keine Fehler.« Die letzten Tage lag er mit einer Herzmuskelentzündung im Krankenhaus. Kurz vor seinem Tod richtete er sich plötzlich im Bett auf und sagte: »Ich möchte nach Hause.« Wenige Stunden später wurde er von seinem Leiden erlöst und durfte in die ewige Heimat eingehen.

Am 27. Dezember 2010 nahm Reinhards Ehe mit Ulrike nach 47 Jahren ein abruptes Ende. An jenem Abend ging sie mit ihrem Enkel Samuel fröhlich nach draußen, um mit ihm Schlitten zu fahren. Während sie am Straßenrand stand, um Samuel beim Rodeln zuzuschauen, sackte sie plötzlich in sich zusammen und war nicht mehr ansprechbar. Jeder Wiederbelebungsversuch blieb erfolglos. Der herbeigerufene Notarzt diagnostizierte eine Lungenembolie mit sofortiger Todesfolge.[14]

Von einer Minute auf die andere wurde Reinhard zum Witwer. Aus der vertrauten Zweisamkeit wurde er in eine bisher nie gekannte Einsamkeit katapultiert. Der plötzliche Tod seiner Frau stürzte ihn in ein dunkles Tal. Trotz seines Glaubens kamen Zweifel in ihm auf, viele Fragen blieben unbeantwortet. Ein halbes Jahr später war er am Tiefpunkt angelangt und wusste nicht mehr, wie es weitergehen sollte. Sein Bruder war zwar in der Nähe, auch seine Kinder und Bekannten kamen ihn besuchen, doch die Einsamkeit konnte ihm niemand nehmen. Er fühlte sich wie in einem tiefen Loch und sah kein Licht mehr. Verzagt sagte er eines Tages: »Es wäre besser gewesen, ich wäre gar nicht erst geboren. Von mir wusste sowieso niemand, dass es mich geben würde. Keiner hat mit mir gerechnet, und niemand hätte mich vermisst, wenn es mich nicht gegeben hätte.«

Trotzdem versah er weiterhin regelmäßig seinen sonntäglichen Orgeldienst, ging zu den wöchentlichen Chorproben und spielte mit seinen Freunden Geige oder Cello im Streichquartett. Im wahrsten Sinne des Wortes konnte er so die schwersten Monate nach Ulrikes Tod überspielen. Auch sein Glaube war schließlich stärker als seine Zweifel, und allmählich wurde sein schweres Herz leichter, und seine Lebensfreude kehrte zurück. Ein paar Jahre später schrieb Reinhard in der Weihnachtszeit ein Gedicht, in dem er ausdrückte, was ihm Kraft und Trost gibt und worin seine Zuversicht und Hoffnung sich begründen:

Christnacht

Weil Gott, der seine Schöpfung kannte,
nicht wollte, dass sie ganz vergeht,
weil seine Liebe neu entbrannte,
weil er zu uns – den Sündern – steht,
weil er Erniedrigung nicht scheute,
er sein Verheißen wahr gemacht,
erfüllt sich seine Gnade heute,
so wird zum Morgen meine Nacht.

Weil Hoffnungslosigkeit nun endet
für den, der an die Gnade glaubt,
weil alle Zukunftsangst sich wendet,
der Tod um seine Macht beraubt.
Weil nun sein gründliches Erbarmen

der ganzen Menschheit zugedacht,
ist er das Heil, wohl für uns Armen:
So wird zum Morgen meine Nacht.

Weil diese Gnade ewig bleibet
und seine Güte nie vergeht,
der Engelruf die Nacht vertreibet.
Nun über meinem Leben steht
der Stern, der Bethlehem gezeiget
und der sich denen kundgemacht,
die zur Anbetung sich geneiget:
So wird zum Morgen meine Nacht.

Weil du mir hilfest zu erfassen
wie weit nun deine Gnade reicht,
will ich mich von dir leiten lassen,
bis irdisch Leben von mir weicht.
Wer zu dir kommt, dem wird vergeben,
Erlösung hast du mir gebracht.
Nun kann ich ewig mit dir leben!
So wird zum Morgen meine Nacht.

Rückblickend erkennt Reinhard: »Es waren mehrere Dinge, die mich nach vorne blicken ließen. Zunächst halfen mir die Ablenkung beim Musizieren und die Arbeit in meiner Werkstatt. Auch habe ich nie aufgehört, meine Aufgabe im Dienst zu sehen. Deshalb habe ich nach Ulrikes Tod sonntags im Gottesdienst schon bald wieder die Orgel gespielt. Es war mir ein Anliegen, weil ich die Notwendigkeit dafür gesehen habe, denn bei uns in der Gemeinde mangelt es an Orgelspielern. Ich sehe es als Gnade an, dass ich die Arbeit nicht als Belastung empfunden habe, sondern dass sie mich nach vorne gebracht hat. Irgendwann habe ich dann wieder zu mir gefunden. Heute kann ich sagen, dass ich aus dem dunklen Tal gut wieder herausgekommen bin.«

Auf den Spuren der Kindheit

Werner kehrt in die Heimat zurück

Seit ihrer Vertreibung aus Schlesien hatten Reinhard und Werner mit ihren Eltern oft darüber gesprochen, wie schön es in ihrer »Heeme« war, doch keiner von ihnen war jemals wieder dorthin zurückgekehrt. Arthur und Johanna wollten ihre geliebte Heimat so in Erinnerung behalten, wie sie sie von damals kannten, Werner und Reinhard hingegen standen einer Reise nach Polen lange Zeit misstrauisch gegenüber. Zu tief waren die erschreckenden Erlebnisse ihrer letzten Jahre unter den Polen noch in ihrer Erinnerung eingegraben. Doch mit zunehmendem Alter wurde ihre Sehnsucht immer größer, noch einmal dorthin zurückzukehren, wo sie mit ihren Eltern und Brüdern in Liebe und Geborgenheit gelebt hatten. Und dann endlich, im Alter von 76 Jahren, fassten die Zwillinge den Entschluss, in Begleitung von Gertrud und Christoph die Reise in ihre Vergangenheit zu wagen. Doch es kam anders. Wenige Wochen vor dem Abflug durchkreuzte ein schwerer Krankheitsfall in Reinhards Familie die seit Monaten geschmiedeten Pläne. Werner musste somit ohne seinen Bruder dorthin zurückkehren, wo für die Zwillinge alles angefangen hatte. Die Enttäuschung war groß, doch je näher die Abreise heranrückte, umso größer wurden bei ihm sowohl die Vorfreude als auch die Spannung. Was würde er in Waldenburg vorfinden? Würde er sich überhaupt noch auskennen? Würde sein Elternhaus noch stehen? Und wie würde es mit der Verständigung klappen, wenn ein Taxi oder Busfahrkarten gebraucht würden? Diese und viele andere Fragen schwirrten in seinem Kopf herum, als er sich am Montag, dem 19. August 2013, mit einigen alten Fotos aus der Heimat sowie einer Packung Beruhigungstabletten im Gepäck auf den Weg machte. Im Direktflug ging es von Frankfurt nach Breslau und von dort mit dem Taxi weiter nach Waldenburg. Nach einer reichlichen Fahrstunde auf gut ausgebauten Straßen erreichten sie ihr Hotel mitten in Waldenburg, und Werner betrat zum ersten Mal seit 63 Jahren wieder Heimatboden. 63 Jahre lang hatten Reinhard und er die Erinnerung an ihre verlorene Heimat im Herzen getragen, wo ihre Familie viele Generationen lang tief verwurzelt gewesen war und wo sie die glücklichsten Jahre ihres Lebens verbracht hatten. Und nun war Werner zurückgekehrt. Die Reise seines Lebens hatte im wahrsten Sinne des Wortes begonnen.

Am nächsten Tag besichtigten sie zuerst die Kirche, in der Reinhard und Werner 1950 konfirmiert wurden. Ein freundlicher polnischer Kirchendiener öffnete ihnen die Tür. Überrascht stellte Werner fest, dass das Kirchenschiff beinahe unverändert war, und staunte darüber, wie gepflegt alles aussah. Mit Blick auf den Kirchturm schmunzelte er: »Im Konfirmandenunterricht sind wir einmal auf den Turm gestiegen, dabei haben Reinhard und ich unsere Namen in die Wand geritzt.« Draußen zeigte er auf das Gemeindehaus gegenüber der Kirche: »Dort im Saal neben der Eingangstür fand der Konfirmandenunterricht statt. Jeden Samstag sind Reinhard und ich von zu Hause aus dort hingelaufen, das war ein Weg von 45 Minuten.« Kichernd erinnerte er sich: »Einmal hatten wir das Thema Kain und Abel. Wir lasen den Bibelvers aus 1. Mose 4: *Und der Herr machte ein Zeichen an Kain, dass ihn niemand erschlüge, wer ihn fände* (Vers 15). Reinhard und ich malten uns heimlich aus, was für Zeichen das sein könnten; ob das wohl Hörner oder ein Schwanz waren, oder ob Gott ihm eine krumme Nase oder zwei ungleiche Ohren gemacht hat.«

Ein paar Schritte weiter waren sie beim Rathaus angelangt. Dort hatte Arthur kurz nach Kriegsende 1945 vom Bürgermeister erfahren, dass er mit seiner Familie auf der Liste zum Abtransport ins Konzentrationslager Auschwitz-Birkenau gestanden hatte. Wäre der Krieg nicht am 8. Mai zu Ende gewesen, wären sie noch im selben Monat mit den anderen bekennenden Christen abtransportiert worden. Wenige Schritte weiter erkannte Werner das Gerichtsgebäude wieder, in dem sich auch das Gefängnis befunden hatte. Sofort kam die Erinnerung bei ihm hoch: »Plötzlich hörte ich die Schreie wieder, die damals aus dem Gefängnis drangen. Man wusste nie, wann man von der polnischen Miliz abgeholt wurde, jede Kleinigkeit konnte als Anlass zur Verhaftung dienen. Einmal wurde ein deutscher Lehrer aus seiner

Wohnung abgeholt und eingesperrt, weil er in seinem Wohnzimmer Kinder privat unterrichtet hatte.«

In Altwasser und Ober-Altwasser

Am Mittwoch fuhren sie mit dem Bus bis zum Bahnhof nach Altwasser, dem Stadtteil von Waldenburg, wo Arthur und Johanna mit ihren vier Söhnen eine Dienstwohnung für Grubenangestellte bezogen hatten, als die Zwillinge zwei Jahre alt waren. Kaum waren sie aus dem Bus gestiegen, kannte Werner sich aus und zeigte auf ein gut erhaltenes Geschäft. Lachend erzählte er: »Das war der Kolonialwarenladen Elsner. Da wollte ein Junge mal Eukalyptusbonbons kaufen, wusste aber nicht, wie die hießen und sagte zu dem Verkäufer: ›Ich möchte Bonbons, die Wind in der Fresse machen!‹ Damals gab es dort Raffinadezucker in Platten zu kaufen. Auf der Verpackung stand: ›Zucker sparen grundverkehrt, der Körper braucht ihn! Zucker nährt!‹« Gertrud und Christoph stimmten in sein Lachen ein, da erkannte er von weitem schon das nächste Geschäft: »Und dort vorne in dem schwarzen Haus war die Fleischerei Bischof! Als der Fleischer aus dem Krieg heimkam, erwischte er seine Frau mit einem polnischen Liebhaber und ermordete kurzerhand beide. Dafür wurde er in Waldenburg zum

Tode verurteilt und hingerichtet. Bei der Hinrichtung im Gerichtsgebäude musste Pastor Reese aus Waldenburg anwesend sein. Kurz davor kam der Pastor zu uns nach Hause und erzählte Vatel, dass er einen furchtbaren Gang vor sich habe.« Werner schüttelte den Kopf, als ob er diese Erinnerung abschütteln wollte. Als sie vor der einstigen Metzgerei standen, entdeckten sie unter der abgeblätterten schwarzen Farbe an der Wand die Inschrift: »Paul Bischof, Fleischer«.

Zielstrebig ging Werner weiter. Nach wenigen Metern zeigte er auf eine Steinmauer und sagte in schlesischem Tonfall: »Jetzt kommt's Mäuerla, auf dem wir immer geloffen sind.« Dann zeigte er auf die sich daran anschließende höhere Mauer: »Auf der hohen Mauer da hinten wollten die Eltern uns nicht haben aus Angst, dass wir runterfallen könnten. Aber manchmal sind wir trotzdem draufgeklettert.« Nach ein paar weiteren Schritten erreichten sie die gut erhaltene rote Kirche, die bis zum Einzug der Polen evangelisch gewesen war, dann aber zum Besitz der katholischen Kirche erklärt wurde.

Als Werner die Tür öffnete, standen sie vor einem verschlossenen Gitter, das ihnen nur wenig Einblick in das Kirchenschiff gewährte. Doch Werner konnte den Innenraum auch so aus seiner Erinnerung heraus genau beschreiben: »Gleich über dem Eingang befand sich die Orgelempore, von wo ich Heiligabend 1949 mein Solo gesungen habe. Links vorne an der Seite war die Kanzel, daneben an der Wand hing das Bild, das unser Großvater für die Kirche gemalt hatte. Nach Kriegsende war es eines Tages plötzlich verschwunden.«

Ganz in der Nähe der Kirche stand noch immer das Gemeindehaus, in dem Arthur und Johanna ihre erste Wohnung hatten. Doch es sah verwahrlost aus, überall bröckelte der Putz ab. Sehr gepflegt hingegen war das Schulgebäude, zu dem sie als nächstes gingen. Werner erklärte: »Das ist die ehemalige Schlageter-Schule, in die Reinhard und ich bis zum Herbst 1944 gingen. Dann wurde sie zum Feldlazarett umfunktioniert, und wir mussten runter in die Bahnhofstraße schräg gegenüber vom Bischof-Fleischer in ein altes Schulhaus, bis wir dann Anfang 1945 ausgeschult wurden.«

Plötzlich lachte Werner laut auf und zeigte auf eine schmale Straße, die sich neben der Schule einen Hügel hinaufschlängelte: »Da oben ist unsere Muttel mal mit einem Büschel Reißig auf dem Buckel gelaufen, das sie im Wald gesammelt hat. Und wie sie so lief, da kam irgendwo ein Pferd her und wollte das Büschel Reißig fressen. Doch anstatt Muttel es weggeschmissen hätte, hat sie's festgehalten und ist gerannt was sie konnte, und das Pferd immer hinterher, bis sie dann irgendwo in einen Garten rennen konnte.« Mit Werner an der Spitze gingen sie weiter zur Seegen-Gottes-Straße. Anerkennend sagte er: »Die Straße war früher Kopfsteinpflaster, das haben die jetzt schön geteert.«

Plötzlich wurden Werners Schritte immer schneller, und er blieb erst wieder stehen, als er vor dem Haus stand, in dem er elf Jahre seiner Kindheit verbracht hatte. Das Gefühl war unbeschreiblich. Lange Zeit stand Werner schweigend da und betrachtete ergriffen das vor ihm liegende Anwesen. Eingebettet in sattem Grün stand das Haus noch da wie früher, doch es war stark heruntergekommen. Das Küchenfenster, durch das die Brüder ein- und ausgestiegen waren, war mit einem Holzbrett verbarrikadiert, der einst schön angelegte Garten und die große Spielwiese waren vollkommen verwildert. Der Teich, den die Brüder im Sommer mit einem selbst gebauten Floß überquert hatten und auf dem sie im Winter auf dem Eis herumgerutscht waren, war von Schilf überwuchert. Später beschrieb Werner den Augenblick des Wiedersehens so: »Sofort war alles wieder da. Ich fühlte mich in meine Kindheit zurückversetzt als ob es erst gestern war, und plötzlich war ich wieder der kleine Junge von damals. Ich sah mich wieder unbekümmert mit meinen Brüdern auf der Wiese herumtollen. Mir war, als müsste jeden Augenblick unsere Muttel aus dem Küchenfenster schauen, um wie jeden Tag nachzusehen, ob Vatel schon von der Arbeit nach Hause kommen würde.«

Die ersten Worte, die Werner nach langem Schweigen schließlich herausbrachte, waren: »Alles ist jetzt verwüstet. Mannomann.« Dann erzählte er: »Da unten im Erdgeschoss haben wir gewohnt. Unter dem Küchenfenster war der Sandkasten, wo wir die Falle für die Meckertante gebaut haben. Und dort oben unterm Dach, da ham wir stundenlang um Hilfe geschrien, als die Russen uns überfallen wollten.« Mit Blick auf die Anhöhe hinter dem Haus erklärte er: »Dort ist das Bergla, da sind wir im Winter Schlitten und Bratla* gefahren.« Er betrachtete das verwilderte Gelände: »Da war ein gepflegter Garten bis zum Teich runter.« Er schüttelte den Kopf, als ob er sich vergewissern wollte, dass er das nicht alles nur träumte, und sagte: »Unglaublich, heidenau.« Nachdem sie alles ausgiebig angeschaut hatten, wandten sie sich um und gingen zum Grubengelände auf der anderen Straßenseite. Lachend zeigte Werner auf ein Mäuerchen: »Da hinten haben wir einer Katze die Mäuse gegeben, die wir auf dem Feld gefangen hatten. Die Katze wusste vor lauter Mäusen nicht, wo sie hingucken sollte.« Er zeigte auf ein weiter hinten gelegenes, graues Gebäude: »In dem Anbau war die Suppenküche, wo wir für einen Teller Essen Kartoffeln geschält haben.«

---

* Bratla: schlesischer Ausdruck für Skier

Nachdem sie die Seegen-Gottes-Straße wieder hinuntergelaufen waren, führte Werner sie zurück zum Bahnhof, wo er und Reinhard mit den Eltern am 6. April 1950 in den Zug mit unbekanntem Ziel eingestiegen waren. Mit dem Bus fuhren Werner, Gertrud und Christoph in den Waldenburger Stadtteil Ober-Altwasser, wo für die Zwillinge alles angefangen hatte. Ohne sich zu verlaufen, fand Werner auch den Weg zu seinem Geburtshaus. Als sie vor dem gut erhaltenen, ehemaligen Gemeindehaus standen, erklärte er: »Da oben im zweiten Stock war unsere Wohnung, da sind wir geboren!« Gertrud holte ein altes Foto aus ihrer Tasche und stellte erstaunt fest: »Das Haus hat sich kaum verändert.« Werner erinnerte sich: »Es war damals ziemlich neu. Wir haben bis 1938 dort gewohnt, doch dann wurde die Wohnung mit vier Kindern zu klein.«

Foto aus dem Jahr 1937

Foto aus dem Jahr 2013

Während sie noch vor dem Haus standen, verspürte er den dringenden Wunsch, mit seinem Bruder zu sprechen. Er zog sein Handy hervor und rief Reinhard an. Bisher war Werner gefasst gewesen, doch als er die Stimme seines Bruders hörte, wurde er von seinen Gefühlen übermannt. Seine Stimme brach, und seine blauen Augen füllten sich mit Tränen. Er brauchte einen Augenblick, bevor er weitersprechen konnte. Als er dann zunächst noch stockend zu erzählen begann, verfiel er in den schlesischen Dialekt: »Wir stehn grad vorm Gemeindehaus in Ober-Altwasser und gucken uff die Fenster, womer geborn sind.« Nachdem Werner seinen Bericht beendet und sich von Reinhard verabschiedet hatte, wandte er sich erschüttert an seine Familie: »Da kommen alle Erinnerungen wieder hoch, warum wurden wir nur rausgerissen, was haben wir denn getan? Ich wollte nie fort von zu Hause.« Er schnäuzte sich, dann sagte er: »Ich muss mich positiv einstellen. Wer weiß, was geworden wäre, wenn wir hiergeblieben wären. Wir hätten zwar die polnische Staatsbürgerschaft annehmen können, doch das wollten unsere Eltern auf keinen Fall. Nach und nach wurden ja auch alle unsere Freunde und Verwandten ausgewiesen, und irgendwann wären wir alleine unter Fremden in der eigenen Heimat gewesen. Wir waren die Ausländer, nicht sie, und wir hätten polnisch erst lernen müssen. Unsere Sprache, unsere Kultur und unsere Freunde – wie ausgelöscht. Was wäre das noch für eine Heimat gewesen?«

Ein fröhlicher Abend

Nach zwei weiteren Tagen in Breslau und Umgebung kehrte Werner mit seiner Begleitung wohlbehalten von seiner Reise in die Vergangenheit nach Hause zurück. Angenehm überrascht von den vielen positiven Eindrücken und den freundlichen Polen konnte er manche jahrelang gehegten Bedenken und Vorurteile ablegen. Emotional hatte die Reise ihn jedoch sehr mitgenommen, und noch lange danach war er von den vielen Erinnerungen aufgewühlt, die ihm lebhaft wieder vor Augen gekommen waren.

Um Reinhard an der Reise teilhaben zu lassen, lud er ihn kurze Zeit später zu einem Fotoabend ein. Als sie es sich auf dem Sofa bequem gemacht hatten, schenkte Werner jedem ein Glas Wein ein und meinte: »Jetzt machmers uns gemütlich!« Reinhard freute sich: »Farhn mer nach Waldenburg!« Sie lachten, als Christoph die ersten Bilder am Computer zeigte.

Reinhard staunte: »Das hätte ich nicht erwartet, dass unsre Heimat so schön gestaltet ist.« Werner stimmte ihm zu: »Ich auch nicht.« Mit wachsender Begeisterung sahen sie sich die nächsten Bilder an. Reinhard war ganz aus dem Häuschen: »Man kann alles wiedererkennen, es ist schöner geworden. Sagenhaft, stell dir vor, da waren wir zu Hause!« Werner bestätigte: »Da fühlt man sich gleich wohl.« Reinhard überlegte: »Man täte den Polen Unrecht, wenn man ihnen das von damals vorhalten würde.« Werner stimmte zu: »Das darf man nicht. Das ist jetzt 'ne neue Generation, und nun geht's bloß noch nach vorne. Ich war angenehm überrascht von allem. Wir haben keine Gefahren gespürt.« Fröhlich rief Reinhard: »Ach ja, gehmer wieder heim!« Die Brüder lachten vergnügt. Angesichts der Schule erzählten Werner und Reinhard abwechselnd: »Als wir keine Schule mehr hatten, haben wir deutschen Kinder uns oft am Leisebach oder an der Mühle zum Spielen getroffen. Das ging aber nur, wenn die Polenjungen in der Schule waren. Sonst wäre es gefährlich geworden, und sie hätten uns verdroschen. Wir waren ja wegen unserer weißen Armbinden als Deutsche zu erkennen.« Munter plauderten die beiden weiter, während sie die nächsten Bilder ansahen. Doch dann wurde es plötzlich still im Wohnzimmer. Das erste Foto ihres einstigen Zuhauses in der Seegen-Gottes-Straße prangte auf dem Bildschirm. Ungläubig starrte Reinhard auf das Anwesen: »Isses das? Ach du liebe Güte. Ach du liebe Güte!« Werner bestätigte: »So sieht's aus! Da wurde mal Putz drangeklebt, und der fliegt jetzt wieder runter.« Reinhard: »Das hätte ich nicht wiedererkannt!« Betroffen schwieg er einen Augenblick. Doch dann hellte sich seine Miene wieder auf, und er zeigte auf ein Fenster unter dem Giebel: »Ganz da oben sind wir mal zum Fenster raus und haben unseren Ball aus der Dachrinne rausgeholt. Das haben die Eltern nicht wissen dürfen, das war saugefährlich.« Reinhard und Werner lachten bei der Erinnerung hell auf. Schon sprudelte es aus Reinhard hervor: »Da hinten ist das Bergla. Weißt du noch, wie du im Schneetunnel steckengeblieben bist, nachdem der Schnee sich über Nacht gesenkt hatte? Das war beängstigend.« Vergnügt lachten die Brüder. Reinhard entdeckte den alten Stall, in dem einst der russische Soldat Sascha seine Pferde untergestellt hatte. Er erinnerte sich: »Als wir mal reiten wollten, hat der Knecht uns auf die Pferde gesetzt. Mein Pferd ist damals spornstreichs in den Stall gelaufen und dort wie angewurzelt stehen geblieben.« Als Werner laut auflachte, rief Reinhard: »Aber dich hat das Pferd runtergeschmissen!« Ihre Reiterlebnisse als achtjährige Jungen standen den beiden lebhaft vor Augen. Heiter fügte Werner hinzu: »Ich bin nie wieder auf 'n Pferd drauf.« Reinhard seufzte: »Aber wir haben's schön gehabt, für uns war's 'ne paradiesische Kindheit.« Werner ergänzte: »Wir konnten überall Fahrrad fahren, Fußball spielen …« Reinhard fiel in seine Aufzählung mit ein, und wie aus einem Mund beendeten sie den Satz gemeinsam: »Und hatten fünf Jahre keine Schule!« Erneut brachen sie in Gelächter aus. Reinhard erinnerte sich: »Weißt du noch, wie wir die Karnickel auf der Wiese gehütet haben? Den ganzen Sommer über konnten sie saftige Kräuter fressen, und wir freuten uns schon alle auf den leckeren Hasenbraten. Aber die Freude wurde uns gründlich verdorben, als eines Morgens der Stall aufgebrochen war und alle Karnickel geklaut waren.« Werner konnte sich gut an ihre Enttäuschung erinnern, als sie den leeren Stall entdeckt hatten, ebenso wie kurze Zeit später auch den leeren Hühnerstall: »Ja, und Muttels Hühner wurden dann auch noch über Nacht gestohlen.«

Auf den nächsten Fotos war die Grubenanlage zu sehen. Kaum hatte Reinhard das Tor entdeckt, fiel ihm ein: »Dort hat der Wachtposten mal zu uns gesagt: ›Haut ab, ihr madiges Zeug.‹ Dann mussten wir halt hinten übern Zaun klettern. Wenn der gewusst hätte, was wir gemacht haben!« Die Zwillinge lachten herzhaft, und Werner rief: »Jawoll, inzwischen haben die Maden den gefressen.«

Nachdem sie schließlich alle Bilder angeschaut hatten, seufzte Reinhard: »Och, da haben wir doch eine schöne Heimat gehabt. Bloß die Umstände, die war'n halt a bissle ...« Während er noch nach den richtigen Worten suchte, beendete Werner den Satz für ihn: »... die war'n schon a bissle katastrophal.« Fröhlich ergänzte Reinhard: »Aber es ist schön, dass es dort bergauf gegangen ist. Das ist wohltuend. Gut, dass wir das noch erleben dürfen. Vielen Dank für die schönen Bilder, das war eine Reise wert!«

Eine unglaubliche Geschichte

Vier Jahre später wurde Reinhard ganz ohne sein Zutun völlig überraschend noch einmal von der Vergangenheit eingeholt. Dazu musste er weder in die alte Heimat reisen noch Fotos anschauen. Er saß gerade zu Hause in seinem Sessel und las Zeitung, als plötzlich das Telefon klingelte. Eine alte Dame meldete sich mit ihrem Namen und erklärte: »Mein Vater war bis zu unserer Ausweisung aus Schlesien Lektor der evangelischen Kirche in Waldenburg und hatte sonntags oft mit Ihrem Vater Dienst.« Reinhard konnte sich sofort an die Familie erinnern, doch seit ihrer Vertreibung war jeglicher Kontakt abgerissen. Die Dame erzählte weiter: »Vor einiger Zeit habe ich das Buch *Aus Omas Nähkästchen und Opas Geigenkasten* gelesen und Ihre Familie darin wiedererkannt. Das gab mir den Anstoß, nach langem Schweigen endlich nach Ihnen zu suchen.« Im hohen Alter von über 90 Jahren erzählte sie Reinhard dann, was ihr seit Jahrzehnten auf der Seele lag: »Wenige Tage, nachdem das Gemälde Ihres Großvaters aus der Kirche in Waldenburg verschwunden war, ging mein Vater zufällig dort vorbei. Dabei fiel ihm ein großer Gegenstand auf, der dick in Papier eingeschlagen an der Kirchenmauer lehnte und offensichtlich zum Abtransport bereitstand. Neugierig geworden sah er sich um, ob ihn jemand beobachtete. Da weit und breit niemand zu sehen war, schlich er sich vorsichtig näher, um herauszufinden, was unter dem Papier verborgen war. Er erkannte das entwendete Gemälde sofort wieder und zögerte nicht lange. Er schnappte es, rannte nach Hause so schnell er konnte, und versteckte es hinter unserem Wohnzimmerschrank. Eigentlich wollte er das Bild Ihren Eltern bringen, doch unsere Ausweisung im März 1946 kam so schnell, dass er nicht mehr dazu kam.« Am anderen Ende der Leitung wurde es plötzlich still. Die alte Dame war von der Erinnerung so aufgewühlt, dass sie eine Weile brauchte, bis sie sich wieder gefasst hatte und weitersprechen konnte. Dann fuhr sie fort: »Also nahm er das Bild kurzerhand mit. Eine andere Möglichkeit sah er nicht, um es zu retten.« Sie schloss ihre unglaubliche Geschichte mit den Worten, dass das Bild nun schon seit Jahrzehnten in ihrer Wohnung hänge, und dass sie es endlich dem rechtmäßigen Erben zurückgeben wolle. Reinhard fiel aus allen Wolken. Er war erst neun Jahre alt gewesen, als er das Bild das letzte Mal gesehen hatte, doch vor seinem inneren Auge sah er es nun wieder deutlich vor sich: In einem wallenden Gewand gekleidet kniete Christus vor einem Stein, auf dem seine Hände gefaltet ruhten. Seinen Blick hatte er auf einen hellen Strahl vom Himmel gerichtet, der auf sein freundliches Gesicht fiel. Um ihn herum war es jedoch finster, und kahle Dornenzweige am Stein berührten fast sein Gewand.

Sein Großvater hatte dem Gemälde den Titel *Christus in Gethsemane* gegeben. Seit es damals aus der Kirche verschwunden war, hatten Reinhard und Werner in dem Glauben gelebt, dass es gestohlen oder zerstört wurde und für immer verloren war. Doch plötzlich tauchte es nach 71 Jahren wieder auf. Die Gefühle der Zwillinge über das wiedergefundene Bild schwankten zwischen Freude und Verwunderung. Sie fragten sich, warum die alte Dame mit der Suche nach Reinhard so lange gewartet hatte. Gleichzeitig waren beide dankbar und froh darüber, dass sie das Bild zurückgeben wollte, bevor es vielleicht zu spät sein würde. Bis die Brüder das Bild endlich wiedersahen, vergingen jedoch noch einige Monate. Der Augenblick des ersten Wiedersehens war für beide ergreifend. Tief bewegt standen sie davor und stellten erstaunt fest, dass das etwa 100 Jahre alte Bild mitsamt Rahmen unbeschädigt war und noch genauso aussah, wie sie es in Erinnerung hatten.

Dem Himmel entgegen

Inzwischen blicken die einst semmelgroßen Zwillinge auf 164 gemeinsame Lebensjahre zurück. Bis heute noch kommt es immer wieder zu Verwechslungen, wenn auch nicht mehr mit so großem Überraschungseffekt wie damals bei ihrer Geburt. Die Erinnerung an ihre geborgene Kindheit tragen sie noch immer wie einen Schatz gut verwahrt in ihrem Herzen. Die Liebe, der Glaube und die Musik, die ihre Eltern ihnen von Anfang an mit in die Wiege gelegt haben, sind für sie kostbarer als Gold und Edelsteine. Die Nestwärme ihres harmonischen Elternhauses hat sie ihr Leben lang begleitet und getragen, und noch heute können sie Kraft und Trost daraus schöpfen. Werner und Reinhard haben ihren Schatz aber nicht nur für sich behalten, sondern im Laufe der Jahre und Jahrzehnte mit unzähligen Menschen geteilt. Ihr Wirken ist dabei nicht spurlos an den Menschen vorübergegangen, was Reinhard und Werner im Juni 2015 während einer Feierstunde offiziell bestätigt wurde. In Vertretung des Ministerpräsidenten überreichte ihnen der Bürgermeister ihrer Stadt die Ehrennadel des Landes Baden-Württemberg für ihr unermüdliches ehrenamtliches Engagement.

Auch heute noch musizieren die Zwillinge beinahe jeden Tag, und noch immer sitzt Reinhard beinahe jeden Sonntag im Gottesdienst an der Orgel. Zeit seines Lebens ist er seinem Versprechen treu geblieben, das er im Alter von 13 Jahren an seiner Konfirmation gegeben hat: »Lieber Gott, wenn du uns aus dieser schweren Lage erlöst und wir wieder in Frieden leben dürfen, will ich für den Rest meines Lebens dir zu Ehren musizieren.« Und solange Reinhard und Werner können, wollen sie auch weiterhin zum Lob Gottes singen und spielen.

Im Herzen tragen die Zwillinge auch noch immer die Erinnerung an ihre geliebte Heimat. Werner sagt heute über seine Reise dorthin: »Ich habe den Ort unserer Kindheit noch einmal gesehen, und das befriedigt mich. Ein weiteres Mal möchte ich aber nicht zurück, denn ich habe ja keinen Bezug zu den Menschen dort.« Reinhard hingegen, der nie wieder in Waldenburg war, könnte sich eine Reise dorthin auch heute noch vorstellen: »Es reizt mich schon, unsere Heimat zu sehen, wenn sich die Möglichkeit noch einmal ergibt. Das möchte ich noch nicht ganz aus den Augen verlieren.«

Ihr einstiges Zuhause kommt den Zwillingen vor wie ein Stück Himmel, ein kleines Paradies auf Erden. Doch während sie mit beiden Beinen noch fest auf der Erde stehen, richtet sich ihre Gesinnung zunehmend auf einen ganz anderen Ort: ihre ewige Heimat im Himmel. Seit einiger Zeit sind die Worte eines Liedes von Johann Caspar Lavater für Werner zum täglichen Gebet geworden, das ihm immer wieder Hoffnung und Mut gibt. Das Lied sang Johanna schon mit ihren Söhnen, als sie noch ganz klein waren:

Fortgekämpft und fortgerungen,
bis zum Lichte durchgedrungen
muss es, bange Seele, sein.
Durch die tiefsten Dunkelheiten
kann dich Jesus hinbegleiten;
Mut spricht er den Schwachen ein.

Bei der Hand will er dich fassen;
scheinst du gleich von ihm verlassen,
glaube nur und zweifle nicht!

Bete, kämpfe ohne Wanken;
bald wirst du voll Freude danken,
bald umgibt dich Kraft und Licht.

Auf dieses Licht hofft auch Reinhard: »Die Vertreibung aus unserer Heimat war ein solcher Einschnitt, das verkraftet man eigentlich das ganze Leben nicht. Auch heute kommen immer wieder Tiefpunkte und dunkle Gedanken, doch es hat keinen Wert, sich darin zu verstricken, sondern man sollte immer nach vorne blicken. In der Vergangenheit herumzuwühlen, bringt überhaupt nichts. Das hat auch damit zu tun, dass man aus dem Dunkel herauskommt und zum wahren Licht schaut, Jesus. Er ist das Licht der Welt.

Und diesem Licht sehe ich entgegen.«

Anmerkungen

[1] Altwasser, ein Stadtteil von Waldenburg, ist heute polnisch Stary Zdrój, ein Stadtteil von Wałbrzych.

[2] Waldenburg ist heute polnisch Wałbrzych.

[3] Liebenau ist heute polnisch Gostycyn.

[4] Bunzlau ist heute polnisch Bolesławiec.

[5] Mehr über Günter in dem Buch *Aus Opas Federhalter und Omas Handtasche*, ab S. 90.

[6] Näheres hierzu in dem Buch *Aus Opas Federhalter und Omas Handtasche*, ab S. 134.

[7] Mehr über das Leben unter polnischer Herrschaft in dem Buch *Aus Opas Federhalter und Omas Handtasche*, ab S. 185.

[8] Näheres zu Walters Flucht in dem Buch *Aus Opas Federhalter und Omas Handtasche*, ab S. 212.

[9] Liegnitz ist heute polnisch Legnica.

[10] Dittmannsdorf ist heute polnisch Dziećmorowice.

[11] Breslau ist heute polnisch Wrocław.

[12] Genaueres dazu in dem Buch *Aus Opas Federhalter und Omas Handtasche*, ab S. 245.

[13] Mehr zum Tod von Arthur und Johanna in dem Buch *Aus Opas Federhalter und Omas Handtasche*, ab S. 260.

[14] Mehr zum Tod von Ulrike in dem Buch *Aus Omas Nähkästchen und Opas Geigenkasten*, ab S. 134.

Elke Ottensmann

Aus Omas Nähkästchen und Opas Geigenkasten
Heitere und weitere Geschichten

Durch viele Geschichten und Anekdoten verbindet Elke Ottensmann die Erlebnisse von drei Generationen. Sie erzählt von schlesischen Wurzeln, unverhofftem Zwillingssegen, Kriegswirren und neuer Heimat. Alltags- und Urlaubsgeschichten voller Humor und Gottvertrauen.

Gebunden, 13,5 x 20,5 cm, 176 Seiten
Nr. 395.413, ISBN 978-3-7751-5413-0
Auch als E-Book e

Elke Ottensmann

Aus Opas Federhalter und Omas Handtasche
Erinnerungen an die geliebte Heimat

Waldenburg, Schlesien – 1900, ein kleiner Junge erblickt das Licht der Welt. Arthur, der eigentlich Alfred heißen sollte, wird ein ereignisreiches Leben haben. Mit seiner großen Liebe Johanna meistert er die dunklen Tage des Zweiten Weltkriegs und die Zeit danach.

Gebunden, 13,5 x 21,5 cm, 280 Seiten
Nr. 395.845, ISBN 978-3-7751-5845-9
Auch als E-Book *e*

Simone Martin

Friedrich Hänssler - Ein Leben für das Evangelium
Die Biografie

Friedrich Hänssler hat als eine der bedeutendsten christlichen Verlegerpersönlichkeiten in Deutschland Generationen von Christen geprägt. Die Verlagsgeschichte der Hänsslers. Voller überraschender Anekdoten, ehrlicher Einblicke und glaubensstärkendem Tiefgang.

Gebunden, 13,5 x 21,5 cm, 368 Seiten
Nr. 395.889, ISBN 978-3-7751-5889-3
Auch als E-Book

Ulrich Parzany

Man muss Gott mehr gehorchen als den Menschen. Ein Appell zum mutigen Bekenntnis

An Gott glauben und ihm gehorsam sein – was bedeutet das heute konkret? Kann man als Christ überhaupt immer sicher wissen, was von Gott her geboten ist? Ulrich Parzany ist überzeugt: Das kann man! Die Bibel vermittelt uns die Leitlinien und alle Grundlagen dafür. Er erläutert, was Wahrheit und Freiheit bedeuten.

Gebunden, 13,5 x 21,5 cm, 192 Seiten
Nr. 395.883, ISBN 978-3-7751-5883-1
Auch als E-Book